U0448745

越过人间荒唐

大文豪的人生逆旅

傅踢踢 著

江苏凤凰文艺出版社

图书在版编目（CIP）数据

越过人间荒唐 / 傅踢踢著. -- 南京：江苏凤凰文艺出版社，2023.6
ISBN 978-7-5594-7717-0

Ⅰ.①越… Ⅱ.①傅… Ⅲ.①散文集 - 中国 - 当代 Ⅳ.①I267

中国版本图书馆CIP数据核字(2023)第078617号

越过人间荒唐

傅踢踢 著

责任编辑	张　倩
策划编辑	王　薇
特约编辑	郑本湧　胡一圣
封面设计	刘　哲
版式设计	姜　楠
出版发行	江苏凤凰文艺出版社
	南京市中央路165号，邮编：210009
网　　址	http://www.jswenyi.com
印　　刷	唐山富达印务有限公司
开　　本	880毫米×1230毫米　1/32
印　　张	8.25
字　　数	100千字
版　　次	2023年6月第1版
印　　次	2023年6月第1次印刷
书　　号	ISBN 978-7-5594-7717-0
定　　价	68.00元

江苏凤凰文艺版图书凡印刷、装订错误，可向出版社调换，联系电话025-83280257

目 录

● 白居易
造化无为字乐天

001

● 苏轼
江海寄余生，东坡日月长

029

曹雪芹
● 茫茫大地，历历真言
127

袁枚
● 别有酸咸世不知
155

杜甫
● 彩笔昔曾干气象

059

陆游
● 命运钟摆上的赤子

091

- 鲁迅
  匕首和投枪,筷子和调羹
  185

- 张爱玲
  俗世的天才梦,传奇的凡人心
  215

白居易

◎ 造化无为字乐天

晓日提竹篮,家僮买春蔬。

公元816年，江州（今江西九江）湓浦口，一个萧瑟的秋夜，枫叶和荻花在凉风中摇曳，月光照在茫茫的江面上，洒下一片银辉。

江州司马白居易在此为客人饯行，举杯欲饮，却少了丝竹管弦助兴。忽然，水上传来琵琶声，主客凝神倾听、浑然忘机。两船凑近，添酒回灯，重开宴席，犹抱琵琶半遮面的乐师姗姗来迟。

转轴拨弦，轻拢慢捻，一场名垂青史的琵琶独奏拉开帷幕，有"银瓶乍破水浆迸，铁骑突出刀枪鸣"的金玉之声，也有"嘈嘈切切错杂弹，大珠小珠落玉盘"的撩人律动。表演太过震撼，曲罢无人敢言，唯有一轮秋月照在江心。

弹完一曲，乐师整顿衣裳，收敛神情，说起生平经历。她本是长安女子，琴技冠绝教坊，无数少年争相前去，只为一睹她的芳容。可惜，家人从军，时日蹉跎，红颜老去，门庭冷落。无奈嫁作商人妇，还要独守空船。

花有重开日，人无再少年。沧海桑田的变幻，从不会向任何人许下承诺。

乐师言者无心，主人听者有意，联想到贬谪江州以来的病困与低沉，千言万语唯有一句：同是天涯沦落人，相逢何必曾相识。

白居易请乐师再弹一首，新曲子凄凄惨惨，不再是之前的声调。在场的人都触景生情，掩面哭泣，流泪最多的是白居易本人，连青色的官服都沾湿了。

《琵琶行》的故事，从来都不陌生。但我们常常会忽略，故事的主角不只是命途多舛的琵琶女，也是感时伤怀的白大人。

江州岁月，是琵琶女的流离，也是白居易的拐点。在此之前，他要做兼济天下的治世能臣，自此以后，他依然勤政恤民，却有了独善其身的内心转向。

对时局失望，对官场漠然，白居易开始寄情山水，精研物产。

他留下了大量关于食物的诗文,几乎可以视作唐代饮食的史料。只有宦海飘零人,才会如此事无巨细地记录美食,这是他热爱生活、关心黎民的方式,也是他再造精神家园的出口。中国文人偏爱美食的传统,往往和这种避世的倾向有关。

写《琵琶行》的第二年,白居易写了一首剖白心迹的咏怀诗:

> 自从委顺任浮沈,渐觉年多功用深。
> 面上灭除忧喜色,胸中消尽是非心。
> 妻儿不问唯耽酒,冠盖皆慵只抱琴。
> 长笑灵均不知命,江蓠丛畔苦悲吟。

江畔苦吟的屈原虽然伟大,却没能与命运和解。而沉迷美酒、醉心琴音的白居易,在脸上摈弃忧喜之色、胸中消解是非之心的蜕变里,以美食家的身份重获新生。

江州：一蔬一饭总关情

为官古来就有升迁贬谪，为何外放江州对白居易是一次重击？这还得从历史的进程说起。

公元755年的安史之乱，是李唐王朝由盛转衰的开始。为了防止安禄山那样权倾朝野的重臣再度出现，唐肃宗开始倚重亲信宦官。唐代宗即位后，置身在战争带来的巨大疲惫感之中，对藩镇姑息纵容。平叛功臣郭子仪对此深有感触："自兵兴以来，方镇武臣多跋扈，凡有所求，朝廷常委曲从之。"宦官干政与藩镇割据，自此成为有唐一代高悬头顶的两柄利剑。

白居易就生在这样的时代。贞观、开元的鼎盛已成传说，百废待兴的国家在宦官与藩镇的角力之中拉锯，未见曙光。万丈雄心却回天乏术，无力与苦闷可想而知。

至于仕途，白居易也谈不上顺遂。为官早期，他的重要职务是翰林学士和左拾遗。前者为帝王执笔，后者向皇上谏言。

耿直不曲的他为报知遇之恩，频繁上书言事，撰写了大量讽喻社会现实的诗歌，因此开罪了不少人，包括皇帝在内。唐宪宗曾经向宰相李绛抱怨："白居易这小子，是朕拔擢致名位，而无礼于朕，朕实难耐。"连皇帝都生出厌弃之心，灾祸也就不远了。

公元 815 年，宰相武元衡和御史中丞裴度遭人暗杀。白居易上表，主张严查凶手，被认定越职言事。其后他又遭遇诽谤：母亲因看花时坠井而亡，白却著有"赏花"及"新井"诗。在讲究修齐治平的时代，不孝是极其严重的罪由，白居易因此被贬至江州。而且，有伤孝道、祸乱名教的白居易连刺史都不配，只得到司马一职。

欲加之罪，何患无辞。白居易自然明白这个道理。越职也好，不孝也罢，无非是借口，真正让他获罪的还是那些讽喻诗。在给挚友元稹的书信里，白居易有一段诚恳的自我分析："仆志在兼济，行在独善……谓之讽喻诗，兼济之志也。谓之闲适诗，独善之义也。"

自此，贬到江州司马任上的白居易不再拘泥于讽喻诗，也开始为"闲适"正名。恰恰是这种转变,让严肃正经的白大人迸发出活泼可亲的光芒。白居易与美食的缘分,就此生根发芽。

不闲适还好,松弛下来的白居易,不是一般有情趣。江州的日子,像一幅田园牧歌的画卷:"晓日提竹篮,家僮买春蔬。青青芹蕨下,叠卧双白鱼。"古人讲"不时不食",春日买菜,青青芹蕨,双双白鱼,盎然生机扑面而来。

青青芹蕨下,叠卧双白鱼

白大人还是"气氛组",不仅在意食物本身,也讲究全套享受:"食罢一觉睡,起来两瓯茶。举头看日影,已复西南斜。"吃酒喝茶自然醒,便是人间好时节。食物似乎给了白居易心安与豁达的理由,这从"充肠皆美食,容膝即安居""便得一年生计足,与君美食复甘眠"中便可得知一二。

好吃好喝好睡,适口适情适心。什么食物让白居易自在无边?答案或许出乎预料,是碳水。

蔬菜和饼,是白居易诗里的主角。白居易写道:"午斋何俭洁,饼与蔬而已","甘鲜新果饼,稳暖旧衣裳"。日常午饭,不过是蔬菜与饼,足见白居易虽有品位,却不铺张。

稻米也是白居易的心头好。行船江州路上,妻儿同在,帆影渐高,闲眠未起,船头的灶上已经开始"炊稻烹红鲤"。产自陆浑县的一种红稻米,也作为鱼肉良伴,位列白居易的美食清单:"红粒陆浑稻,白鳞伊水魴。庖童呼我食,饭热鱼鲜香。箸箸适我口,匙匙充我肠。八珍与五鼎,无复心思量。"哪怕是简单的烹煮,每一口也都心满意足,山珍海味被抛到了九霄云外。

"净淘红粒罾香饭,薄切紫鳞烹水葵。""园葵烹佐饭,林叶扫添新。""禄米獐牙稻,园蔬鸭脚葵。"无论是待客还是自怡,鱼肉、鲜蔬和稻米,似乎是白居易必备的三件套。

因为吃得多,他形成了自己的一套衡量标准。洛阳稻米"非精亦非粝",算是平平无奇。江南米饭令人叫绝,"何况江头鱼米贱,红脍黄橙香稻饭"。米饭配上嫩红的鱼肉和明黄的柑橘,既是视觉的洗礼,又是味觉的升华。在忠州任职时,因为土壤贫瘠,水源不足,稻米口感偏涩,白居易也如实记录:"畬田涩米不耕锄,旱地荒园少菜蔬。"

除了稻米,杂粮也可入饭。白居易食粟米,在给元稹的诗里,他描述道:"白醪充夜酌,红粟备晨炊。"炎炎夏日,他说道:"数匙粱饭冷,一领绡衫香。"早春时节,他又写道:"归来问夜餐,家人烹荠麦。""独出前门望野田,月明荞麦花如雪",田园村居之美总是与日常如此紧密关联,所见所食,便是所安所系。

白居易嗜酒,醒酒多喝粥。以米煮粥是首选,"粥美尝新米,袍温换故绵"。有一回,白大人睡了懒觉,起床后"融雪煎香茗,调酥煮乳糜",看来前夜又喝了不少。乳糜即乳粥,用米和牛羊乳混煮而成,更为香浓温补。佛经中也有记载,礼佛的百姓常敬奉乳糜以示真心。白居易喝养身药粥,就此写道:"黄耆数匙粥,赤箭一瓯汤""何以解宿斋,一杯云母粥"。

甜粥也在白居易的美食版图里,从"鸡球饧粥屡开筵,谈笑讴吟间管弦"中便可得知。一碗冷凉的甜粥下肚,"春光应不负今年"的感慨油然而生。能烹善煮、食髓知味的白居易甚至自酿米酒,"米价贱如土,酒味浓于饧"。清甜的米酒,微醺的时光,白大人不由地感叹道:"此时不尽醉,但恐负平生。"

经由美酒佳肴,我们大概能拼凑出白居易在江州生活的图景:公务之余,偷得浮生半日闲,白天烹鱼做菜吃主食,尽享田园意趣;晚间,或推杯换盏或安然独酌,酒意酣酣,酒趣陶陶。在某种程度上,这是逃避。日照三竿,清简的食物依循本味,烘托出日常的质地。夜阑深沉,芳醇的美酒香气不绝,营造起极乐的世界。但白居易的妙处在于,他虽然逃避,却始终保有积极的姿态。

官场上,白居易屡受挫折,可文才和健笔让他留下丰厚的记录。透过他的诗,我们见证了物质文化的历史,也领略到田园乡居的旨趣。人生的价值从来不止功名利禄一种,白居易闲适,却不荒废。

到了夜里，酒国仙人垂顾，白居易的诗情又翩跹起舞。美酒相伴，宾主尽欢，他展露出名士风流的一面。相传有一次，元稹外出，身在曲江的白居易正与友人饮酒。酒过三巡，他想起知交，提笔便是：

花时同醉破春愁，醉折花枝作酒筹。
忽忆故人天际去，计程今日到梁州。

花时同醉破春愁，醉折花枝作酒筹

若只看诗句，很难想象这是出自那个写下"渔阳鼙鼓动地来,惊破霓裳羽衣曲""翩翩两骑来是谁,黄衣使者白衫儿"的忧愤文人。对现实的深切不满,对历史的沉重忧虑,换了另一个时空,另一种情境,同一个人竟然也变得轻捷、自由起来。

在江州,白居易在给友人刘十九的诗里写下了中国最著名的约酒场面之一:

绿蚁新醅酒,红泥小火炉。
晚来天欲雪,能饮一杯无?

无一字华丽煽情,只是意象的堆叠,却有无边魅力。

绿蚁新醅酒,红泥小火炉

白居易对喝酒的美学追求一以贯之。在送别友人王十八的诗里，他描绘了一番动人画面："林间暖酒烧红叶，石上题诗扫绿苔。"红叶似火，暖酒入肠，诗性勃发，青石留痕。感情的浓烈与隽永，不难想见。"醉吟"自居的白居易时常诗酒并举，作下了"闲拈蕉叶题诗咏，闷取藤枝引酒尝"。于蕉叶题诗，用藤枝引酒，看来有酒有诗，才算赏心乐事。

江州让白居易更立体，也更鲜活。他忧患博大的一面并未削减，至情至性的一面又悄然滋长。他甚至写下《劝酒十四首》这样的篇目，"何处难忘酒"和"不如来饮酒"，洋洋洒洒，荡气回肠。红尘做伴，心随境转，白居易表字"乐天"的一面终于显露无遗。

我们无法判定，写讽喻诗和写闲适诗的白居易，哪一个更重要。或许连白居易自己也未必有答案。但我们会庆幸，那个"一吟悲一事"的耿介言官，因为命运的捉弄，长出了审美超然、趣味蓬勃的部分。透过他的笔端，我们得以看见真实的历史，品到文人的追求。千百年倏忽即逝，阁中帝子今何在？但有那一首首清新温暖的饮食诗，仍旧让我们触动，令我们共鸣。

对白居易来说,江州只是这一切的起点,他的旅程还远未结束。一个名叫忠州的西南州府,正等着和他相遇。

忠州：何处殷勤重回首

重庆忠县，在唐朝的行政区划里名为忠州。这里并非富庶之地，物产也谈不上丰饶。公元818年冬，白居易从江州调离，赴任忠州刺史。开启忠州生活之后，他的心里充斥着不满。哪怕是夜饮宴客，他也牢骚不断：

莫辞数数醉东楼，除醉无因破得愁。
唯有绿樽红烛下，暂时不似在忠州。

如果不是喝酒，哪里能够浇愁。只有绿樽红烛醉一场，才能假装暂时不在忠州。

外乡为官，重庆多雾阴雨的天气也令白居易烦扰：

望阙云遮眼，思乡雨滴心。
将何慰幽独，赖此北窗琴。

雨水滴在心头，不由想念故乡，可眼前的云雾遮住了双眼。幽寂孤独何以自遣？或许只有这一把琴声。不是买醉，就是抚琴，要是不假于物，白居易似乎一秒都难以逗留。

看见峡谷中的木莲树，他感慨道："几度欲移移不得，天教抛掷在深山。"他这完全是代入了自己，甚至开始吐槽起忠州所见的人与景：

吏人生梗都如鹿，市井疏芜只抵村。

忠州当地的官吏像鹿一样生硬，市镇荒芜得如同乡村。用今天的话说，这已经涉及人身攻击的范畴了。据统计，白居易直抒苦闷的诗近五十首，其中十几首就留给了忠州。

好在忠州有美食，能抚慰"吃货"白居易的内心。

久居京华的白居易固然遍尝珍馐美馔，但古时货运不便，地方特产未必能新鲜送达。而忠州此地，以竹笋闻名。偏嗜蔬食的白居易，对竹笋并不陌生。"宿雨林笋嫩，晨露园葵鲜"，足见白居易深谙饮食之道。

宿雨林笋嫩,晨露园葵鲜

忠州竹笋之多之鲜,令白居易深感欣喜。于是,他巨细靡遗地写了一首《食笋》:

此州乃竹乡,春笋满山谷。
山夫折盈抱,抱来早市鬻。
物以多为贱,双钱易一束。
置之炊甑中,与饭同时熟。
紫箨坼故锦,素肌擘新玉。
每日遂加餐,经时不思肉。
久为京洛客,此味常不足。
且食勿踟蹰,南风吹作竹。

"竹乡"忠州一到春天,就有漫山遍野的竹笋。山民采集之后,抱到早市来贩卖。因为供给充足,两钱就能买一束。竹笋和饭一同蒸煮,饭浸润笋的鲜甜,笋糅合米的清香,紫色的笋壳如锦缎,柔嫩的笋肉似新玉。大快朵颐的白大人每日加餐,连肉味都快忘了。临了,他还叮嘱众人不要犹豫,趁早食用,南风一起,竹笋成了竹子,就无法享用了。

寥寥数语,有货源、有价格、有吃法、有感受,有"每日遂加餐,经时不思肉"的溢美之词,还要劝食,白居易对笋的情有独钟,由此可见一斑。

在长安时,每逢春笋成熟,皇帝会召集群臣大摆"笋宴",躬逢其会是臣子的荣耀。但物以稀为贵,"笋宴"大都浅尝辄止。如今远离朝堂,老饕白居易意外实现了吃笋自由,自然欢欣雀跃。

撑归撑,怨归怨,白居易毕竟是重民生、讲实绩的父母官。面对凋敝的民生,当然要振兴经济。忠州多雨多山,白居易就和百姓一起广栽果树。官民同心,治埋有成,白居易的诗里也不复当初的"负能量":

无论海角与天涯,大抵心安即是家。

路远谁能念乡曲,年深兼欲忘京华。

忠州且作三年计,种杏栽桃拟待花。

在忠州日渐心安,都快忘了京华的烟云。白居易甚至做好了再逗留三年的打算,等着亲手种下的桃杏绽放明媚的花朵。

为政以德,自然有百姓爱戴。如今的忠县保留了一座白公祠,其中一个"与民同乐"实景展厅,呈现的就是白居易与百姓制作饼食的场景。

饼是唐朝人餐桌的常客。白居易写过立春人日的场景:"二日立春人七日,盘蔬饼饵逐时新。"就连唐代给官员发放的福利中,也有饼的身影,而这同样被白居易记录了下来:"朝晡颁饼饵,寒暑赐衣裳。"

在忠州,白居易还有一段关于饼的美谈。独在异乡为异客,他的口腹里不经意涌现的是最深的乡愁。作为一名资深食客,不仅见多识广,也要能吃会做。一日,白大人怀念长安的胡麻饼,在忠州又无处可买,就动了亲手制作的心思。结果,"白氏胡麻饼"大获成功。

胡麻饼

刚巧好友杨敬之在邻近的万州,白居易赶紧"快递"一些,还赋诗一首:

胡麻饼样学京都,面脆油香新出炉。
寄与饥馋杨大使,尝看得似辅兴无。

同样馋痨的杨大使,吃到这一口胡麻饼,会不会想起长安辅兴坊的滋味?胡麻即芝麻,简单理解,白居易笔下的胡麻饼就是芝麻烧饼。爱民如子的白大人当然不会藏私,除了馈赠好友,菜谱也要分享给忠州百姓。因为白居易别号"香山居士",这款点心就以"香山蜜饼"的名字流传至今。

在白居易的诗里,除了饭和饼,糕团也有其位置。这可见于白居易在思慕亲友的重阳节所作的诗句——"移座就菊丛,糕酒前罗列"中,还可见于他作的《寒食日过枣团店》一诗中:

寒食枣团店,春低杨柳枝。

酒香留客住,莺语和人诗。

唐朝的糕团果品虽然不像现在这般精致,但人与自然交融、美食美景辉映的画面,也让人心生"日日是好日"的喜悦。

此外,忠州之白居易,还似乎总和种树栽花联系在一起。一来,这的确算是政绩;二来,生长自有周期的花木,也像是一种隐喻,一次见证,一片希望。

公元820年夏,白居易奉诏回长安。临行前,那个曾经盼望"暂时不似在忠州"的白大人改口了:

三年留滞在江城，草树禽鱼尽有情。
何处殷勤重回首，东坡桃李种新成。

花林好住莫憔悴，春至但知依旧春。
楼上明年新太守，不妨还是爱花人。

花谢花开，人来人往，古往今来尽是如此。但这片土地上的故事，会在浩渺的历史上留下痕迹，堆叠的记忆与情感，也会一路发酵下去。春至但知依旧春。

苏州：来春或拟往江东

重回长安的白居易，已近知天命的年纪。比起贬谪江州之日，他更清楚自己想要怎样的人生。至于朝局，并没有太大起色。两年后，他上书评论河北军务，不受采用，心灰意冷之余，请求调任外地。

于是，在五十岁那年任杭州刺史的白居易，三年后转任苏州刺史。苏杭天堂美景，白居易自成名篇。《忆江南三首》就有"日出江花红胜火，春来江水绿如蓝"的曼妙景致。江南忆，最忆是杭州，白居易描述道："山寺月中寻桂子，郡亭枕上看潮头。"静处暗香盈袖，动时海潮奔涌。至于苏州，让白居易铭记的则是美酒美人："吴酒一杯春竹叶，吴娃双舞醉芙蓉。"

举世皆知，白居易在杭州疏浚古井、修堤蓄湖。其实，他在苏州刺史任内，也打通了水陆要道：开凿山塘河，西起虎丘，东至阊门，在河北修建道路，后名"七里山塘"，也就是游人络绎的山塘街。明清两代,山塘街牌坊处处,歌楼隐隐,会馆林立,笙歌曼舞,都得益于白居易的城建巧思。

江南鱼米之乡,要让美食家白居易不生眷恋,绝非易事。虽然刺史只做了短短一年,但精巧的苏州美食让他流连。即便回归北方,他也深感"江南景物暗相随",米饭、鱼肉、蔬菜,雨水滴落船篷,浪摇莲池花影,恨不能"停杯一问苏州客,何似吴松江上时"!

桨声、灯影、吴语、酒香,离开苏州十三年,白居易还清晰记得那一场夏至在齐云楼的盛宴:

忆在苏州日,常谙夏至筵。

粽香筒竹嫩,炙脆子鹅鲜。

水国多台榭,吴风尚管弦。

每家皆有酒,无处不过船。

交印君相次,褰帷我在前。

此乡俱老矣,东望共依然。

洛下麦秋月,江南梅雨天。

齐云楼上事,已上十三年。

水汽氤氲,光影迷离,白居易点了两道菜的名:竹筒粽和炙子鹅。

粽香筒竹嫩,炙脆子鹅鲜

国人食粽,唐代以前就有,多是黍米为原料,用菰叶包裹,称作"角黍"。白居易在苏州品尝的粽子,是以嫩竹做容器,密封火烤,形如今天的竹筒饭。至于炙烤子鹅,取起肉嫩,炙烤后外皮焦香酥脆,肉质莹润带水,多汁与香气并存,光是想想就叫人食指大动。

说起苏州美食,河鱼当之无愧,对酷爱吃鱼的白居易来说,也算正中下怀。唐代风行鱼鲙,也就是生鱼片,"既备献酬礼,亦具水陆珍。萍齑箸溪醋，水鲙松江鳞"。

现代人说起生鱼片，常以为是舶来品。其实，鱼鲙是不折不扣的中国发明，早在周朝就有食用生鱼片的记载。在相当长的历史时期内，生鱼是庄重的祭品，也代表着尊贵和美味。唐宋之际，食鱼鲙的风气更为普遍，甚至有专门讲述鱼鲙的著作《砍鲙书》。书中不仅规定了如何挑鱼，怎样用刀，连切鱼生本身也被称为"斫鲙"表演。技艺高超的表演者"操刀响捷，若合节奏"，极富观赏性。

嗜鲙如痴的唐朝人，会根据口味偏好和四时节气来进行调料搭配。盈盈的鱼鲙，春天配舒爽的葱姜汁，夏天佐酸辣的白梅蒜酱汁，秋天以芥末汁增添些微刺激，冬天则是橘蒜酱汁辅弼。白居易喜欢的芥末汁，是用芥菜种子研磨而成，跟现代芥末有别，但一样辛辣冲鼻。生鱼片和辛辣佐料的经典搭配，从唐朝就传承下来。

西晋张翰"因见秋风起，乃思吴中菰菜、莼羹、鲈鱼脍"。在魏晋以来的文人传统里，莼鲈之思始终和安土思乡、淡泊名利相连。除了鱼鲙，水生的莼菜也是白居易珍视的食材。他说"莼丝滑且柔",清爽鲜美的莼羹也令他想到江南时节。

淡出官场之后,他写了一首诗,呼应莼鲈的意象,也抒发心中的渴望:

人生变改故无穷,昔是朝官今野翁。
久寄形于朱紫内,渐抽身入蕙荷中。
无情水任方圆器,不系舟随去住风。
犹有鲈鱼莼菜兴,来春或拟往江东。

从朝官到野翁,从雕栏宫阙到田间荷塘,似真似幻,如露如电,到头来,最叫人安心的还是春日江东的那一口莼鲈之味。看起来,这首诗就像是白居易一生的缩影:年少成名,青云直上,豪情满怀,心灰意冷;纵情田园,别开生面,适意驰骋,安然停驻。

晚年的白居易有两篇自况名作。《池上篇》里,他极简地回顾了平生:"有书有酒,有歌有弦。有叟在中,白须飘然……时饮一杯,或吟一篇。妻孥熙熙,鸡犬闲闲。"这番优哉游哉的自我评价，既是自谦，又何尝不是自得？

因为好酒嗜琴，白居易晚年自称"醉吟先生"。为醉吟先生书写的自传里，他感叹说："醉吟相仍，若循环然。由是得以梦身世，云富贵，幕席天地，瞬息百年。"

幕席天地，瞬息百年，是汲汲营营于功名利禄，还是心心念念于稻蔬莼鲈？没有人能斩钉截铁地回答。因为直到身死的那一刻，以生命轨迹填写的答卷，才会转交到后人手中，听任评说。

公元846年，白居易在洛阳溘然长逝，享年七十五岁。唐宣宗替他写了悼诗，半句未提为官的成就，却说"童子解吟长恨曲，胡儿能唱琵琶篇"。

诗里还特意嵌了白居易的姓名和表字：浮云不系名居易，造化无为字乐天。

苏轼

◎ 江海寄余生,东坡日月长

尝项上之一脔,嚼霜前之两螯。

"人莫不饮食也,鲜能知味也。"饱餐果腹,并不是难事。但说起食髓知味,并不是人人都能做到。因为,"髓"是山河湖海的"无尽藏","味"是人生百态的"有情天"。

两者相加,恰好是苏轼的生命实践。身兼老饕与文豪两重身份,苏轼深谙美食滋味与人生况味。他写过一首略带游戏性质的七绝:庐山烟雨浙江潮,未至千般恨不消。到得还来别无事,庐山烟雨浙江潮。

起未必是真起,落未必是真落,人生像大河弯弯,浮浮沉沉,不是每一刻的活着,都等于活过。若是留下了活过的深刻印痕,同样的"庐山烟雨浙江潮",就另是一番风景。读懂这首诗,就读懂了苏轼的一生,也破解了很多中国文人的精神密码。

苏轼的活过,很大程度上和吃过联系在一起。

蜀人基因：共忘辛苦逐欣欢

在苏轼存世的作品中，涉及食材、食品与食事的有一千余篇，与吃有关的诗达到五十余首。如果说这只是对美食的主观偏爱，那全国六十多道以"东坡"冠名的菜肴，则让他坐稳了"大宋第一美食博主"的宝座。

对吃的热忱，或许和苏东坡身上的蜀人基因有关。

眉山古称眉州，位于四川盆地成都平原的西南面，建城迄今已有一千五百年的历史。坐拥天府之国的钟灵毓秀与物阜民丰，眉山是文脉鼎盛之地。唐宋之际，这里成为全国书刊出版中心，学风蔚然。两宋三百年间，眉山出了八百多位进士。嘉祐二年，也就是公元 1057 年，眉山有十三人进士及第，其中便有苏轼、苏辙兄弟二人。

兄弟同榜进士，这在中国漫长的历史长河中也属罕见，何况父亲苏洵也素有文名。如今眉山的三苏祠挂有清人张鹏翮的对联:"一门父子三词客,千古文章四大家。"这是后人对苏家共同的赞许。

然而,二十一岁就名满京华、家门锦绣的苏轼未必能想到,春风得意马蹄疾的背面,是坎坷曲折的为官生涯。科考离家后,除了为父母守孝,他就再也没有回来,不是在外任职,便是流放辗转。眉山之于苏轼,更多是一抹乡愁,一口终生难忘的家乡味。

公元1079年,苏轼遭遇了生命中的重大拐点——乌台诗案。一张例行公事的谢表,被政敌构陷,几经波折,近乎丧命,结局就是贬去黄州(今湖北黄冈)任团练副使。对苏轼来说,这是一次政治生涯的清零。二十余年的宦海沉浮,官阶回落到从八品的起点,俸禄取消,公务绝缘,本质上与被监管的犯人无异。

从任何角度看,这都不是一段轻松的时光。

世人都知道苏轼豁然通达,却未必能体会他初到黄州的拮据。苏轼一再和友人说,"廪入既绝,人口不少,私甚忧之",唯有"痛自节俭"。他的运势也不好,到黄州第二年,赶上农荒,常常缺少食物,每每困窘匮乏。因没有居所,没有定粮,他只得先借住定惠院,跟着僧人一起吃素,半年后才算在临皋亭安稳下来。要知道，在被贬之前，苏轼过的可是俸钱收入每月超过四十千，圭租所入足以供一百八十余人一年口粮的日子。

从优渥的官场大夫，到落魄的政治流民，生活境遇骤跌，苏轼的解决之道是在城东开垦荒地，种植果蔬，补贴家用。他给这块地取名"东坡"，"东坡居士"的称谓正是由此而来。

官员苏轼被打压了，妙人苏东坡却站了起来。

公元1083年，苏轼贬谪黄州的第四年，故人巢元修前去探望。巢氏此行，除了叙旧，也肩负着苏东坡的嘱托，将一种眉山特产迁往黄州。

这是一种名叫"油苔"的山间野菜，"豆荚圆且小，槐芽细而丰"一句指的正是这种蔬菜，类似今天的豌豆苗。苏轼颇嗜此味，离乡十五年，常常思念，却不可得。借巢元修自蜀地前来的机会，总算能一解馋痨。

豌豆苗

智慧如苏大人，当然不会一次性消费。他把这种菜命名为"元修菜"，亦称"巢菜"，种在东坡之下，引介给黄州百姓。对元修菜，苏东坡难以忘怀。他在给巢元修的诗里写："此物独妩媚，终年系余胸。"

光绪年间的《黄州府志》清楚地记载"东坡元修菜"：似芥，蜀种。简略的四个字背后，是艰难岁月里友情的见证，是流徙时光中思乡的缩影，也是物产交流时动人的传说。

苏东坡对美食交流的贡献，远不止一把元修菜。好吃的中国人想必没有不知道东坡肉的，而这道菜的本名，应该叫"回赠肉"。

东坡肉

相传宋神宗熙宁十年,也就是公元1077年,苏轼赴徐州任知州。七月,黄河在澶州决口,八月围困徐州,水位高达二丈八尺。知州苏大人身先士卒,率领军士与全城百姓共筑堤坝保护城池,奋战七十余天后,徐州城化险为夷。

百姓感念同呼吸共命运的父母官,纷纷杀猪宰羊,备酒携菜,送到知州府上。苏轼不便推辞,只好收下。对于百姓的馈赠,苏轼没有独享的心思,他命家人将肉按法烹煮,回赠给抗洪的百姓。这口肥而不腻、酥而不烂的美味,就称作"回赠肉"。徐州的风物志和文史资料,至今记述着这段传说。

说苏轼是猪肉料理大师,应该并不过分。生性幽默的他写过一篇《老饕赋》,颇为得意地讲述自己的"美食经",其中说:"尝项上之一脔,嚼霜前之两螯。烂樱珠之煎蜜,滃杏酪之蒸羔。蛤半熟而含酒,蟹微生而带糟。盖聚物之天美,以养吾之老饕。"

在诸多食材和吃法的讲究里,"项上之一脔"指肉质脆嫩、略有嚼劲的猪颈肉,也就是俗称的"黄金六两"。

到了黄州,善治猪肉的苏轼如获至宝。他发现"黄州好猪肉,价贱如泥土",富贵人家不爱吃,平民百姓又不知道怎样料理。

为此，苏大人专门为黄州百姓写了一篇《猪肉颂》，还注明做法："净洗锅，少著水，柴头罨烟焰不起。待他自熟莫催他，火候足时他自美。"

用今天的话说，这就是文火炖猪肉。即便使用如此简单的烹饪技法，却因为食材够好，也能"早晨起来打两碗，饱得自家君莫管"。似乎，在黄州与好猪肉相遇，苏轼对生命的热情也重燃了一点。

东坡肉的故事，到这里还不算完结。元祐四年，也就是公元1089年，苏轼第二次赴杭州任职。其间，苏大人疏浚湖泊，修堤筑桥，与民休息。杭州百姓为表感谢，投其所好，抬猪担酒。苏轼重复了徐州"回赠肉"的故事，又融汇了新的烹饪方法：猪肉切方块，加酱料着色，红酥酥，油润润，是为今天常见的"东坡肉"。

和东坡肉齐名的"东坡菜"，当数东坡鱼。

苏轼有位好友叫佛印。我们的初中课文《核舟记》里，佛印的形象栩栩如生：像极了弥勒佛，袒胸露乳，抬头昂视。而他右膝卧倒、左膝竖立、右臂支船的坐姿也称得上放浪形骸。

正是这样一位僧人，留下了两段和鱼有关的逸闻。

相传有一次，苏轼让厨师烹制一道鱼，菜送到后，只见热雾腾腾、香气喷喷，鱼身上刀痕如柳，雪白的肉质令人垂涎。他正欲大快朵颐，窗外闪过一个人影——正是佛印到了。苏轼赶忙把鱼藏在书架上。

两位老友太熟悉了，总爱互开玩笑。苏轼特意不想让佛印吃鱼，佛印存心要吃，一来二去就打起了机锋。

招呼佛印坐下后，苏轼问道："大和尚不在庙里待着，到此有何见教？"

佛印回答："今日特来请教一个字。"

"何字？"

"苏轼的'苏（蘇）'字。"

佛印学问好，苏轼知道里边有圈套，认真地答道："苏字上边是草字头，左下是个'鱼'，右下是个'禾'。"

佛印又问："如果'鱼'字搁在草字头上边，还念'苏'吗？"

苏轼脱口而出："那怎么可以，断无此理！"

佛印哈哈大笑："那就把鱼端下来吧！"

苏轼这才醒悟，原来自己的一举一动早已在佛印眼里。

来而无往非礼也。后来有一次，苏轼相约去佛印处，佛印心存戏弄，依样做了一条鱼，放在身旁的磬里。苏轼登门便说："我想写一副对联，上联已经草就，下联深感语塞，一时无对。"

佛印问："不知上联是什么？"

苏轼答说："向阳门第春常在。"

佛印仿佛有肌肉记忆似的脱口而出："积善人家庆有余。"

苏轼听完大叹："原来你'磬'有'鱼'，还不拿出来分享？"

当然，这更像后世文人在笔记野史中的穿凿附会，但苏东坡吃鱼嗜鱼，当无疑问。初到黄州，他自嘲说："自笑平生为口忙，老来事业转荒唐。长江绕郭知鱼美，好竹连山觉笋香。"看到惠崇所绘《春江晚景》，他眼前是画，心里想的却是吃："蒌蒿满地芦芽短，正是河豚欲上时。"

在黄州期间，苏轼直接以文赋记录《煮鱼法》：取黄州鲫鱼或鲤鱼，清理鱼鳞及内脏，抹上食盐，以白菜填入鱼腹，入锅与葱白同煎，半熟后放等量的生姜、萝卜汁和黄酒，快熟时撒上橘皮丝。做法说罢，他还来了一句"官方弹幕"："其珍食者自知,不尽谈也。"味道有多好,吃的人自己明白,和没吃过的人又怎能说尽呢?

在眉山,东坡鱼如今也是有独得之秘的本土骄傲。精选刺少的鮰鱼,以当地井盐和本土泡菜蒸煮,成品五彩纷呈,入口百味交融。

苏东坡应该没有吃到如此精细的"东坡鱼",对呈鲜和味型的理解也远不到今人的知识水准。但那一口萦绕终生的家乡味,是经由他的名字和笔端,才顺着时间之河,淌进我们心里的。

五十六岁那年,苏东坡在早朝前打瞌睡,做了一场梦。梦里他回到眉山的故园,那座叫南轩的书房。几位庄客在吃萝卜,神色欣喜。他提笔写了一篇文章,其中几句是:"坐于南轩,对修竹数百,野鸟数千。"一觉醒来,思之惘然。

苏轼的人生可谓波折,儿时的眉山记忆是其中为数不多的顺遂悦乐。少年不识愁滋味,对人生的风雨如晦未见得有所准备。老来幽梦忽还乡,看到童年的往事历历、杨柳依依,想必又是万般滋味。

好在,眉山是苏轼的根,蜀地是苏轼的魂。有些东西写在了他的基因里。

在一首应和弟弟苏辙的诗里,苏轼写道:"蜀人衣食常苦艰,蜀人游乐不知还。千人耕种万人食,一年辛苦一春闲。闲时尚以蚕为市,共忘辛苦逐欣欢。"

人生是苦的,但也要"共忘辛苦逐欣欢",这是热爱生活的四川人,也是旷达通透的苏大人。苏轼身上有情动于衷、悲愤恳切的务实,也有"昼短苦夜长,何不秉烛游"的洒脱。从吃这件事上,我们就能略见一二。

苏轼于五十六岁做那场故园之梦时,饱经丧妻之痛,年近耳顺,唯愿落叶归根。可命运没有让他回到眉山。半年之后,他遭遇人生第二次重大贬谪,踏上了前往岭南惠州的迢迢长路。

惠州顿悟：此心安处是吾乡

公元1094年，即绍圣元年，苏轼又上路了。这一次，他的"流放地"在广东惠州。

和黄州不同，位于岭南的惠州因为山高路远，历来是贬谪的"热门地点"。虽然惠州在隋唐时已是粤东重镇，但一提惠州，时人最先想到的依然是荒蛮与苍凉，就连苏轼最初也心怀恐惧。在谢表和诗文里，他把惠州想象成"瘴疠之地，魑魅为邻"，他自己则是衰弱与疾病交攻，彻底断了重归故里的念想。如果说初贬黄州的苏轼还有从头再来的野心，惠州途中的他已经变得佛系，这从他的诗中便可得知："少壮欲及物，老闲余此心。"

没有想到，惠州回馈苏轼的，却是高规格的礼遇。用今天的话说，惠州乡贤和百姓给苏轼举办了一场真挚热忱的欢迎派对，令他恍惚身在梦中。"父老相携迎此翁"的温暖，让苏轼暂时淡忘了贬谪的烦忧，以至于他生出了像苏武、管宁一样终老流放地也无妨的豪迈。"岭南万户皆春色，会有幽人客寓公。"既来之，则安之，美酒美景，佳人佳句，哪里还有半点流放的凄苦？

事实证明，惠州确实是苏轼的福缘之地。待了将近半年，他深感风土食物一点不差，官吏百姓也相待甚厚，因此"眠食甚佳"，"优哉游哉，聊以卒岁"。

终归是贬谪生活，现实的烦恼是有的，艰难程度甚至远胜于黄州。在诗文里，苏轼不提，但在与友人的通信里，他也会抱怨湿气偏重的岭南导致痔疾加重，屡次申请的俸料得不到批准，全家老幼"口众食贫"。友人黄庭坚甚至在诗里替他道出实情："子瞻谪岭南，时宰欲杀之。"可见苏轼在惠州时，依然有性命之忧。

但比起在黄州，苏轼对流放生活适应得更快了。有病治病，无病登楼，广交名士，遍寻美馔。在惠州的两年又七个月里，苏轼看透了人生无常，也从无常里翻出了诗意。他说"念念自成劫，尘尘各有际"，既然人各有命，劫数和际遇不能强求，何不潇洒走一回?

于是,我们看到文人苏轼的觉醒。他笔下的惠州,人杰地灵,物产丰饶,民风淳朴,气候特异,透着与巴蜀和中原迥然不同的浓烈与新奇。他带着充沛的情感审视岭南风光,发出了"以彼无尽景,寓我有限年"的感叹。

而岭南一带的瓜果,经由苏东坡的广告与"带货",也为更多人知悉。枇杷、杨梅、荔枝、龙眼、柚子乃至槟榔,都粉墨登场,名垂青史。最知名的当数《惠州一绝·食荔枝》。罗浮山下四季如春,枇杷和杨梅按次序都到了时令季节。最难得是惠州的荔枝,因为"日啖荔枝三百颗,不辞长作岭南人"。

事实上,苏轼对荔枝的喜爱,不只体现在这一句。初食荔枝那一天,他把荔枝比作仙物神品,红色的表皮像仙人的罗襦,晶莹的果肉像美人的玉肤。在给友人昙秀的诗里,他说"留师笋蕨不足道,怅望荔子何时丹"。荔枝初青未红,还不能食用,真是令人惆怅的事啊!在向精神偶像陶渊明致敬的诗里,苏轼更是表达了把荔枝做手信的想法:"愿同荔枝社,长作鸡黍局。"如果要在上下五千年里给荔枝找一个代言人,舍苏轼其谁?

苏轼贪嘴，但不昧心。他吟咏荔枝的鲜美，也反对进贡荔枝的穷奢极侈。在《荔枝叹》里，他借汉和帝和唐玄宗设置驿站征调荔枝的史实，引申到当时的各种贡品乱象，表达了对横征暴敛的愤慨，也抒发了对民生多艰的感伤。

荔枝

这就是苏轼其人。他不像李白，是天上的谪仙，除了官瘾大些，从不对人世间的俗务施与过分的关切。他也不像杜甫，身经离乱，遭逢幻灭，把众生的苦闷悲辛都扛在肩上，放在心里。

苏轼是自由的化身，他入世是贤能，出世是风流，人间美好令他流连，却无法阻碍他驰骋飞翔。

这也是为何，在外任职的每一站，苏轼都办实事、有盛名。即便惠州流放期间，他也潜心地方建设，纾解民间疾苦，筑桥修堤、改善农桑。身处江湖之远，苏轼对庙堂不敢稍忘，因为那里不只有他的仕途，也有万民福祉。

苏轼吃过人间的苦，因此他惜人间的福。嗜吃懂吃，便是这种心态的注脚。

惠州冬日湿冷，有一天，好友昙颖做东。饭局上有一道名为"谷董羹"的菜式，让遍尝佳肴的苏轼欣喜不已。这在苏轼所作的《仇池笔记·盘游饭谷董羹》中有所记载："罗浮颖老取凡饮食杂烹之，名谷董羹，坐客皆称善。"

谷董羹，因为投食材入沸水发出的"咕咚"声得名。在清代的记录中，将这种放入各种肉类、蔬菜杂煮，众人围坐着一口锅的岭南特色菜式，叫作"打边炉"。由此可见，苏东坡的"古董羹"就是某种火锅的雏形。不知在九百多年前，夜凉如水，淫雨霏霏，苏东坡和友人坐在泛起泡沫的古董羹前，会经历怎样的推杯换盏,又有哪些奇思妙想的围炉夜话?

除了火锅,温补的羊肉也是冬日美食的上选。北宋时期,大江南北皆有食羊肉的习惯。就加工烹饪而言,又是南不及北。惠州食羊,但供给严重不足,羊身上最好的部位,自然不会落到一个贬官的手里。贪吃会吃的苏东坡,打起了边角料的主意。

羊脊骨对于鲜美的羊,地位约等同鸡肋之于整鸡。既然熏鸡架能成为风靡一地的美食,仅有少数羊肉粘连的脊骨,自然也会有巧手料理。如果和屠夫相熟,羊脊骨的价格能比猪肉还便宜,苏轼几经试验,发明了独家吃法:"骨间亦有微肉,熟煮热漉出。不乘热出,则抱水不干。渍酒中,点薄盐炙微燋食之。"虽然吃肉像掘金一样千淘万漉,似乎有些辛苦,但看到东坡先生"如食蟹螯""甚觉有补"的享受劲,确实想起那句关于美味的至理:食无定味,适口者珍。

诙谐的苏轼在给弟弟苏辙的信里讲述羊脊骨的吃法,还略带得意地说笑:"你这三年日子顺利,怎么能明白羊脊骨的美味呢?只有狗是明白我的,每次我把肉挑光了再给它们,它们都不是很高兴。"安贫乐道,还有比苏轼吃羊脊骨更能诠释这四个字的例子吗?

贬谪惠州,是苏轼个人的不幸。但对岭南而言,那可是别样的因缘。据《惠州志·艺文卷》统计,苏轼寓居惠州近三年,所作诗词、序跋、杂文、书信等近六百篇,从产量而言远高于黄州及此后的海南儋州。以至于晚清惠州诗人江逢辰有诗说:"一自坡公谪南海,天下不敢小惠州。"

苏轼对惠州的态度,也经历了转变,荒芜、遥远、湿热、苍茫,远谪和流放的想象渐渐为独特的物产和可亲的人群取代。

苏轼友人王巩受"乌台诗案"牵连,贬到岭南宾州,歌伎寓娘随行。苏王两人此后相遇,寓娘为苏轼劝酒,因而有了这首知名的《定风波·南海归赠王定国侍人寓娘》。其中,词的下阕是这样写的:

万里归来颜愈少,微笑,笑时犹带岭梅香。
试问岭南应不好,却道:此心安处是吾乡。

寓娘万里归来更见年轻了,笑容依旧,仿佛带着岭南梅花的清香。我问寓娘，岭南的风土与日子应该算不上多好吧？寓娘却坦然答道：心安的地方，便是我的故乡。

这固然是寓娘的蕙质兰心，又何尝不是苏轼的自我剖白呢？在五十七岁的年纪奔赴陌生的土地，充满未知，却无心探究。命运并不准备给苏轼多少希望，苏轼却在挫折里看到了生活，他种菜、饮酒、赏花、品茗，游历、谈经、研佛、写诗。当岭南的流放者们罕有例外地表达出中原文化的优越，为自身的境遇唱尽挽歌，苏轼却反其道而行之，说出"此心安处是吾乡"。

原本，天地者万物之逆旅，人生者百代之过客，拘泥于岭南或漠北，是当局者迷的偏狭。苏轼最通晓这个道理。何况惠州的日子，有温存的百姓，有交心的友人，有新鲜的物产，有人间的至味。

假如苏轼的人生终结在岭南，会是怎样一番光景？可惜历史无从假设。公元1097年，即绍圣四年，苏轼接到一封琼州别驾的告令。他又被贬了，这一次，终点在海南儋州——国土的最南端。

儋州一梦：兹游奇绝冠平生

说苏轼天生洒脱，多少有点想当然。不曾经历他谪居的艰难和心路的动荡，无法强求他泰然处世。说得更准确一点，恰恰是因为真实的委屈和愤恨，苏轼的透彻才更可贵。

六十二岁那年，苏轼从惠州再贬海南儋州，说不痛苦是假的。岭南已近边陲，儋州更是天涯海角，何况苏轼已是多愁多病之身。在给友人王敏仲的信里，苏轼说自己是"垂老投荒"，恐怕难以生还，抵达海南后，先要做口棺材，次要修建墓地，然后把手稿书信留给诸子，做好死后葬身海外的打算。

途经琼州，前往儋州途中，苏轼登上儋耳山，情绪也不高。他写道："登高望中原，但见积水空。此生当安归？四顾真途穷。"归心似箭，却有家难回，登高望乡，却一目成空，置身海南，眼前是汪洋大海的阻隔，苏轼的烦闷比在黄州、惠州时更甚。

儋州的日子也不好过。在给友人的书信里，他说这里"食无肉、病无药、居无室、出无友"。素贪口腹之欲的苏大人，"五日一见花猪肉，十日一遇黄鸡粥"。为了换取基本的衣食，他把随身酒器都卖了，唯独留了一只心爱的荷叶杯。

宋朝的海南民生凋敝，流放至此的待遇仅次于死囚。当地黎族人就地取材，食物尽是根茎类和毒蛇猛兽。熏老鼠、烧蝙蝠、烤癞蛤蟆、烤蜈蚣，好客的黎族人向苏轼推荐了这份食谱，把他吓得不轻。他在诗里记录了这种无奈：

土人顿顿食薯芋，荐以熏鼠烧蝙蝠。
旧闻蜜唧尝呕吐，稍近虾蟆缘习俗。

寄身儋州，天高地远，大活人竟然要被吃不到肉憋死。好在，天无绝人之路。一件当时罕有的水产拯救了苏东坡。

在给儿子苏过的信中，苏轼得意地写道："冬至前两天，海南少数民族献上生蚝，剖开之后得到数升肉。稍小的蚝肉与汁液一同入水，加酒烹煮，吃来是从未领略的美味。如果个头稍大，直接烤熟，比煮的更加美味。"聊完这番美食谈，苏轼还和苏过说笑:"千万不要说出去,免得北方那些官员君子知道了,争相贬谪到海南来跟我抢这口吃的。"

生蚝虽美,毕竟难求。苏东坡在海南继续他的美食发现之旅。他对薯芋有偏爱。有一年除夕,拜访友人张先,他写下一首生趣盎然的"戏作":

松风溜溜作春寒,伴我饥肠响夜阑。
牛粪火中烧芋子,山人更吃懒残残。

明明是两个当世文豪,在苏轼笔下却满是乡野老农的随性。春寒料峭,松风阵阵,深夜忽觉饥肠辘辘,点起牛粪烤芋头,自诩山人的苏轼吃完更见慵懒闲适。这首诗套用了唐人典故,以牛粪入诗,既拿张先玩笑,又点出了火烧芋头的美味,堪称一段文人饮食的佳话。

牛屎烧洋芋

在儋州,除了海味,苏轼也在陆地上物色上佳的食材。谪居天涯海角,又已过六十高龄,生病对苏东坡是常有的事。苏过想给病中的父亲调理身子,因地制宜,便以山芋作粥羹。苏轼喝后深觉可口,也倍感欣慰,特意为这碗粥取名"玉糁羹",还作诗一首:

香似龙涎仍酽白,味如牛乳更全清。
莫将北海金齑鲙,轻比东坡玉糁羹。

将一碗粥比作牛乳龙涎,已经极尽夸张,更绝的是诗的名字:《过子忽出新意以山芋作玉糁羹色香味皆奇绝天上酥陀则不可知人间决无此味也》。诗题比诗文更长,除了美味,身为人父的欣慰与喜悦也可见一斑。博览物产、精于食道的苏轼曾经下过判断,"海南所产粳稌不足于食,乃以薯芋杂米作粥糜以取饱"。海南的稻米稀少,薯芋杂米来帮衬,也形成了愈加精细的"荤粥热吃,素粥凉吃"的粥文化。

苏东坡半生流离,总有吃不到鱼肉的日子,因而对素食粥羹颇有研究。除了玉糁羹,另一道自创的东坡羹也有很多记述。《东坡羹颂》留下了详尽的做法:将萝卜、大头菜、荠菜及野菜揉洗数遍,去掉辛辣的苦汁,在锅边涂抹少许生油,注水烧开,倒入野菜后加入生姜和大米,同时慢慢搅拌,煮熟之后,"不用鱼肉五味,有自然之甘"。

东坡羹

食蚝喝羹,当然是乐趣,也是无奈。在海南,苏轼也有过无米下炊、被迫辟谷的艰难,但他不以为意,只记述那些怡然与豁达。写完《老饕赋》里林林总总的美食,明明是忆苦思甜,他的反应却是"先生一笑而起,渺海阔而天高"。《真一酒歌》也把酒之醇美与醉之狂狷描绘得淋漓尽致。

未到儋州时,苏轼发牢骚说"君看道傍石,尽是补天余",这山路边的石头,连同我苏东坡,都是补天剩下的无用废料。可要离开海南了,他在《别海南黎民表》里为儋州生涯定调:

我本海南民,寄生西蜀州。
忽然跨海去,譬如事远游。
平生生死梦,三者无劣优。
知君不再见,欲去且少留。

分明是眉山人,却说自己是海南民,足见心头留恋。儋州一行的跨海远游,譬如梦幻。生、死、梦,三者并无优劣,当我即将远离,不免生出再留片刻的依依难舍。

建中靖国元年(1101年),新帝登基,大赦天下。六十四岁的苏轼终于可以回家了。渡海还乡那一夜,他在诗里写:"苦雨终风也解晴……天容海色本澄清。"曾经让他惶恐难安的儋州放逐，在此刻看来却分外美好，"九死南荒吾不恨，兹游奇绝冠平生"。譬如一场奇境漫游，梦醒时分，回忆永存。

苏轼就是这样的人，他有不满，有愤懑，有物质的困顿，也有精神的苦恼。但他懂得放下，知道超脱。既来之，则安之，命运露出獠牙，我亦报之以歌。美食，是他的放下之途，超脱之道。

苏东坡不偏嗜珍馐美馔，不拒绝乡野食材，抱持好奇与天真，凡能入口，皆能入心。富足时，大鱼大肉也食得；窘迫间，蔬果粥羹亦自足。

他是文人，能将饮食之道引申到品位与气节："宁可食无肉，不可居无竹，无肉令人瘦，无竹令人俗。"

他是骚客，能从营营役役的日常里挖掘饮食的乐趣："渐觉东风料峭寒，青蒿黄韭试春盘。""雪沫乳花浮午盏，蓼茸蒿笋试春盘。人间有味是清欢。"

他是酒鬼，能在需要抽离的时刻沉浸到超验奇幻的天地："身外傥来都似梦，醉里无何即是乡，东坡日月长。"

他是贤哲，能把常人难以承受的坎坷消化成醒世良言："回首向来萧瑟处，归去，也无风雨也无晴。"

《苏东坡传》的作者林语堂曾说苏轼是个秉性难改的乐天派。林先生有一句妙语："我若说一提到苏东坡,在中国总会引起人亲切敬佩的微笑,也许这话最能概括苏东坡的一切了。"

但如果深想下去,苏东坡的乐天和我们的微笑,并不是自然而然的。因为"乌台诗案"被贬黄州,是苏东坡一生的分水岭。前半生,他是北宋政坛的天之骄子和风云人物。后半生,他是政敌构陷朝廷贬谪的政治流民。

从庙堂之高坠入江湖之远,苏轼深陷物质与精神的双重困境。

但也是这一年,四十三岁的苏东坡开始迸发出对艺术和美食的热情,哪怕越贬越荒,越逐越远。据统计,他在放逐的那些年所创作的三千余首作品中,带"笑"字的有三百多首。外力的压迫和前程的黯淡,催生出另一个从生活里抬头的苏东坡——他为民谋利,享受生活。关于美食的记述,多见于他人生的下半场。

公元 1080 年,也就是被贬黄州的头一年,他发过牢骚:

世事一场大梦,人生几度秋凉。夜来风叶已鸣廊。看取眉头鬓上。

酒贱常愁客少,月明多被云妨。中秋谁与共孤光。把盏凄然北望。

比起"但愿人长久,千里共婵娟"那个彻夜欢饮的丙辰中秋,这一年的中秋节,苏东坡并不快乐。

可仅仅两年后,人在黄州,同样喝了酒的他却写道:

长恨此身非我有,何时忘却营营。夜阑风静縠纹平。小舟从此逝,江海寄余生。

忧愁与潇洒,少了哪一面,都会阻碍我们走近完整的、真实的、可爱的、动人的苏东坡。

让我们把视线倒回至1057年,再看看那个和弟弟同榜进士的二十一岁年轻人。他是那么意气风发,渴望在政坛上挥洒毕生所学,留下千古功名,可惜天不遂人愿。

直到1101年,获赦的苏东坡已经六十五岁了。返乡途中,

他经过真州金山寺,无意间看到自己的画像,如风往事在眼前翻涌,遂提笔写了四句诗:

　　心似已灰之木,身如不系之舟。
　　问汝平生功业,黄州惠州儋州。

杜甫

◎ 彩笔昔曾干气象

家家养乌鬼,顿顿食黄鱼。

当我们遥想古人时，第一反应总是定格他的形象。诗圣杜甫是怎样一副面容？清癯羸弱，愁眉深锁，须发灰白稀疏，目光眺向远方。唐代不流行45度角仰望天空，可心系苍生的杜甫，在展馆里，在课本上，永远是一张忧国忧民的"定妆照"。

这种形象准确吗？毫无疑问。"穷年忧黎元，叹息肠内热"，一年到头都在为百姓担忧，想起民生多艰就火烧火燎，正是杜甫名垂青史的原因。

可这种形象又太准确了，以至于我们常常忘记，杜甫并不是生来如此。唏嘘踟蹰的老翁，也曾是裘马轻狂的少年。

杜甫的口气之大，古往今来都排得上号。他评价自己"读书破万卷，下笔如有神"，辞赋只有扬雄能匹敌，诗歌唯独曹植能接近，名士李邕眼巴巴地求着认识他，写过"葡萄美酒夜光杯,欲饮琵琶马上催"的王翰倾慕他的才华,恨不得比邻而居。凡此种种,都指向一个目标:"致君尧舜上,再使风俗淳。"上感君王,下正民风,天空海阔,舍我其谁。

这种狂狷,杜甫打小就已经显露迹象。杜甫自述:"七龄思即壮,开口咏凤凰。九龄书大字,有作成一囊。"诗书双绝也就罢了,到了十四五岁,又出游翰墨场,与文人雅士相交,斯文素著的前辈把他比作班固和扬雄。酒到酣处,放眼宇宙,杜甫的脑海中只有五个大字:俗物都茫茫。

可惜,这些话都是回首往事的时候说的。而我们都知道,"想当年"三个字一出现,潜台词就是梦想的破碎与幻灭。

杜甫的骄傲当然有依据。可才情超绝的他,并没有取得世俗意义上的高功伟业,说得更直白一点,他的人生充斥着磨难,个体命运的摧折又不幸和时代的骤变合流了。

公元755年爆发的安史之乱,不仅是李唐王朝的拐点,也意味着当时全世界最辉煌的帝国,在长期的安宁与灿烂之后,急速坠入腐败、宫斗与战争的旋涡。

成长于开元盛世的杜甫,身披旧日的荣光,心怀济世的渴望,一头栽进了颠沛流离。

失落与痛苦可想而知。好在,并不顺遂的仕途之外,杜甫的文思与诗才从未埋没。罕有的历史变局和深重的人间苦难成了诗歌的催化剂。在世的大诗人,譬如李白、王维、高适、王昌龄、孟浩然等等,或年事已高,或深居庙堂,都不像杜甫那样完整亲历了战乱与灾荒。因此,他们也无缘如杜甫一般,饱蘸血泪让诗篇淬火新生。

国家不幸诗家幸,赋到沧桑句便工。杜甫想攀登功名的巅峰,却沦为盛世的弃儿。被迫辗转飘零,又成就了他诗坛恒星的地位。

韩愈说"李杜文章在,光焰万丈长",杜诗之所以能照亮亘古长夜,恰恰因为杜甫一步紧着一步,蹚过了乱世风雨。

在灿若银河、堪称"诗史"的杜诗里,与食物相关的部分或许不是广为传颂的名篇,但杜甫笔下的一蔬一饭,往往藏着我们未曾洞悉的真情。他目睹的、亲尝的、心动的、怀念的食物,也通过诗句的情思,构成了生活的色彩和时代的注脚。

杜诗不是给春风得意的少年看的。随着时日推移,岁月渐丰，我们逐渐读懂老杜诗歌里的繁复与深情。生活总有波折，生命总有波澜，人的际遇不是自我能掌控的，还好有杜甫，给我们这样的凡人，写那些沉郁而伟大的诗。

飞扬跋扈为谁雄

如果用一句话来概括教材里的杜甫,或许可以这样说:物质拮据窘迫,精神博大深沉。毕竟,提起杜诗,我们最先想到的总是"朱门酒肉臭,路有冻死骨","安得广厦千万间,大庇天下寒士俱欢颜"。

当我们把视线投向公元712年,唐玄宗登基那一年,答案会有所不同。这一年,一个叫杜甫的婴儿降生在官宦之家。在献给玄宗皇帝的《进雕赋表》里,杜甫这样剖白自己:"自先君恕、预以降,奉儒守官,未坠素业矣。"奉行儒士理想,守护为官之道,是杜家数百年来的准则。

"先君恕"指杜甫的十四世祖杜恕,官至三国时期的幽州刺史。杜恕之子杜预,都督荆州军事,是统一三国建立西晋的功勋将领。同时,杜预注疏的《左传》,也是治学的经典文本。

自此往后,杜家多次出现太守、刺史之类的地方高级官员。

从杜甫上溯四代,哪怕仕途式微,至少也有县令官职在身。

值得一提的是杜甫的祖父杜审言。虽然只做到膳部员外郎、修文馆直学士,算不得什么大官,也没有和杜甫见过面,但杜审言是杜甫心中的丰碑。

祖父颇有文名,被尊为"文章四友"之一。杜甫对此极为得意,在给友人的诗里,他说:"吾祖诗冠古。"儿子杜宗武过生日,杜甫又用这样的方式给予鼓励:"诗是吾家事。"

为官,为文,立功,立言,古代文人最为看重的事,杜家自古两全。心气甚高的杜甫当然希望继承光耀。

青少年时期的杜甫也不贫困。父亲杜闲做过兖州司马、奉天县令,官阶虽低,到底有公职在身。更重要的是,唐玄宗开元年间,正是大唐帝国的繁荣时光。《新唐书·食货志》里记载,开元末年,海内富裕充实,"道路列肆,具酒食以待行人。店有驿驴,行千里不持尺兵"。所谓路不拾遗,夜不闭户,不外如是。到天宝十三年(754年),帝国的人口超过了5200万,创下了唐代最高纪录。

杜甫有诗歌详细记录了这段美好:

忆昔开元全盛日，小邑犹藏万家室。

稻米流脂粟米白，公私仓廪俱丰实。

仓廪实而知礼节。因为这派升平景象，全国的道路上没有豺狼虎豹，男耕女织，各司其职，天下朋友如胶似漆，百余年来未逢灾变。所以，纵然不再是高门贵族，杜甫也自幼衣食无忧，接受了很好的教育。读经学诗之外，他还尽享艺术熏陶。

六岁那年，杜甫在河南郾城观摩了公孙大娘的剑器浑脱舞。五十多年后，杜甫依然对这场"观者如山色沮丧，天地为之久低昂"的壮丽表演记忆犹新。

十四岁的时候，杜甫在洛阳岐王李范的宅邸和殿中监崔涤的家中多次听到乐师李龟年的歌唱与演奏。安史之乱后，国破山河在，四处流徙的杜甫与李龟年重逢，写下了无声胜有声的名句："正是江南好风景，落花时节又逢君。"

少年杜甫顽皮强健，完全不似文弱书生："忆年十五心尚孩，健如黄犊走复来。庭前八月梨枣熟，一日上树能千回。"

这些经验，当时道是寻常，事后追溯，恐怕是杜甫一生都稀缺的单纯和快乐。

更难得的是，家里还出钱支持杜甫旅游。

二十岁前后，杜甫出游山西临猗，次年南赴吴越，途经淮阴、扬州，盘桓金陵、姑苏，又横渡浙江。四年间，他饱览山水，洞察文史，直到公元735年回洛阳参加京兆贡举，应试落第。第二年，他又和苏源明等友人一起，赴兖州探亲，就此开启了为期五年的齐赵优游。

科考失利并没有打击杜甫的心志，从这一时期的诗作中就能略窥一二。在《房兵曹胡马》里，他说："骁腾有如此，万里可横行。"《画鹰》里他写："何当击凡鸟，毛血洒平芜。"笔下是马是鹰，心里何尝没有自比成那个万里横行、痛击凡鸟的热血儿郎。在此期间，杜甫最有名的作品《望岳》表达了相似的旨趣："会当凌绝顶，一览众山小。"

公元744年，在闻一多先生所谓的文学史上"太阳和月亮相碰"的年头，杜甫遇见了李白。当年秋天，他们又约上高适，一同游历梁宋。诗人们寻仙访药，把酒言欢，"醉眠秋共被，携手日同行"。

杜甫晚年回首这段春歌冬猎的逍遥日子,感慨"放荡齐赵间,裘马颇清狂"。当时的他,尚未领略人生复杂的况味,也不曾撞上政局须臾的倾颓。只是在给李白的诗里,他隐隐生出一些伤感、憾恨与虚无:"痛饮狂歌空度日,飞扬跋扈为谁雄。"

　　狂歌痛饮,放浪形骸,做出豪迈蓬勃、飞扬跋扈的样子,除了感官的愉悦和心情的松弛,还有什么意义吗?

　　纵情转眼成云烟,时间给了杜甫答案。

鸾刀缕切空纷纶

快意八九年，西归到咸阳。旅途中开阔眼界、放达胸怀的杜甫，在公元746年走进了盛唐的心脏——长安。毕竟，他还有致君尧舜的宏愿。

残酷的是，命运没有给杜甫安排如意的剧本。唐玄宗已经从开元年代的励精图治，转向天宝期间的昏聩废弛，朝政由独断狠戾的李林甫把持。

杜甫来到长安的第二年，唐玄宗下诏，天下凡通一艺以上者赴京师就选。可只手遮天的李林甫唯恐举子对他有所攻击，向玄宗进言说："举人多卑贱愚聩，恐有俚言污浊圣听。"考试期间，他又私设障碍，促成无人及第的状况，还给玄宗上表称"野无遗贤"。杜甫就是这场闹剧的牺牲品之一。

也是在这两年，另一件事严重打击了杜甫。父亲杜闲在奉天县令任上去世，自己又只是一介布衣，家庭收入的来源切断了。做官是杜家的"素业",杜甫又有澄清海内的野心,科场蹭蹬,阮囊羞涩,他转向了另一条道路——给达官赠诗,向朝廷献赋。

那首自夸"读书破万卷,下笔如有神"的"神作",就是给朋尚书左丞韦济的干谒诗。在一连串华彩的"想当年"过后,杜甫是这样写的:

朝扣富儿门,暮随肥马尘。
残杯与冷炙,到处潜悲辛。

虽然收笔仍是"白鸥没浩荡,万里谁能驯"的孤高,但杜甫在长安的困窘已现端倪。然而,这番说辞并没有打动韦济。

无奈之下,杜甫唯有向朝廷献赋。750年,杜甫献《雕赋》,杳无音信。次年正月,唐玄宗举行朝献太清宫、朝享太庙和南郊合祭天地的大典,杜甫抓紧机会写成"三大礼赋",描绘了在长安"卖药都市,寄食友朋"的辛酸,抒发了报效朝堂、名留史册的心志。

这次献赋引起了唐玄宗的注意。杜甫在晚年颇为得意地旧事重提："忆献三赋蓬莱宫，自怪一日声烜赫。集贤学士如堵墙，观我落笔中书堂。"在《壮游》里，他也说"天子废食召，群公会轩裳"，仿佛玄宗读罢惊为天人，放下杯箸，大呼"速速有请"。这显然是经过美化的场景。真实的结果是，玄宗命杜甫待制集贤院，听候安排。

这一候，就是四年。直到755年，杜甫才得到河西尉的官职。求官十年，才领来这样微末的"奖赏"，杜甫推辞了，因为这个职位负责地方治安，要向乡里小儿低头。直到不久后改任右卫率府兵曹参军，他才接受下来。而这不过是一个掌管名帐兵甲的从八品小官。用杜甫自己的话说，就是"不作河西尉，凄凉为折腰。老夫怕趋走，率府且逍遥"。他是一心入仕，却绝非毫无原则。

杜甫的长安十年，过得并不称心。父亲身故，他成为一家之主，经济压力陡增。科场失意，委屈献赋，到头来也只混得个可有可无的一官半职。日子当然是悲欣交集的，没有一味苦楚，可具体的困顿令他难以释怀，于是有了"卧病长安旅次，多雨生鱼，青苔及榻"的诗句。

耽于杯中物的杜甫,还过上了借钱、典衣来沽酒的日子。在给友人苏源明的戏作里,他自嘲:"才名三十年,坐客寒无毡。赖有苏司业,时时与酒钱。"后来在曲江边,他又写:"朝回日日典春衣,每日江头尽醉归。酒债寻常行处有,人生七十古来稀。"一个在籍官员潦倒至此,盛世的危机不难管窥。

在长安期间,杜甫的笔墨更多落在具体的生活上,因此也涉及很多食物。在食物背后,鲜明的情感喷薄而出。

长安多雨的时节,杜甫看到的是:"禾头生耳黍穗黑,农夫田父无消息。城中斗米换衾裯,相许宁论两相直?"农事凋敝,颗粒无收,抱被换米,百业萧条。天宝年间已经呈现出这番光景。

杜甫的心境是微妙的。无论怎么说,他不是平头百姓,官职虽低,但毕竟"生常免租税,名不隶征伐"。广交名士,也不免宴饮酬酢。753年初夏,杜甫与友人郑虔同游何将军的山林,席上有鲜鲫银丝脍和香芹碧涧羹。

鱼脍即生鱼片,这道菜是唐朝的珍馐,也是杜甫的至爱之一。他还有一首《阌乡姜七少府设脍戏赠长歌》,记录姜少府冬日设鱼脍宴的情境,极富诗意地描述了鱼脍的吃法:

饔人受鱼鲛人手,洗鱼磨刀鱼眼红。

无声细下飞碎雪,有骨已剁觜春葱。

偏劝腹腴愧年少,软炊香饭缘老翁。

落砧何曾白纸湿,放箸未觉金盘空。

刚从河里捕捞的鲜鱼,厨师妙手洗净,以纸吸干水分,然后开始切片。白净的鱼肉像纷飞的碎雪,配上春葱的蘸料,别有一番醇美。丰腴的鱼腹,配上热乎的米饭,让杜甫食指大动,回味悠长。

鲜鲫银丝脍

像这样的大餐,于杜甫不算常态,却也并不陌生。"甫也诸侯老宾客"，用今天的话说，杜甫是吃过、见过的。可这些记忆残片遇到长安即景，就有些变味了。

"吁嗟乎苍生，稼穑不可救"，百姓在为粮食歉收而奔波。而同在长安，俨然有一个平行宇宙：三月三日天气新，长安水边多丽人。

凭杨贵妃青云直上的杨国忠与杨家姐妹正在"露营"。她们穿着绣有麒麟和孔雀的衣衫，戴着垂鬓的翡翠，围着珠玉的裙带。轮到上菜了，"紫驼之峰出翠釜，水精之盘行素鳞"。驼峰放在翠绿锅里，鱼肉搁在水晶盘上。可面对如此佳肴，"犀箸厌饫久未下，鸾刀缕切空纷纶"。贵人们握着犀牛角的筷子久久不动，任由厨师快刀细切空忙一场。御厨还在络绎不绝地运送山珍海味，传菜的宦官压着马匹，唯恐扬起灰尘。

长安水边，并非瑶台宫阙，可一边是饥馑荒年，一边是天上人间。此情此景触动了杜甫，他忠实地记录了这种隔阂，于是作出了"但觉高歌有鬼神，焉知饿死填沟壑"的诗篇。一名诗人的良知，在长安十年中催生出血泪。

755年秋天，授右卫率府兵曹参军不久，杜甫从长安赴奉先县探望妻儿。沿途所见触目惊心,他提笔写下《自京赴奉先县咏怀五百字》。骊山华清宫,一派喜庆祥和的氛围,唐玄宗与杨贵妃正在此饮宴作乐。"赐浴皆长缨,与宴非短褐。彤庭所分帛,本自寒女出。"赐浴和与会的都是达官显贵,可他们分赏的绸缎布帛,有哪一匹不是压榨民间苦寒女子所得?

荡开几笔后,杜甫写到食物。"劝客驼蹄羹,霜橙压香橘。朱门酒肉臭,路有冻死骨。"劝客用骆驼蹄做的羹汤,金贵的霜橙与香橘从远方运来,层层叠叠压在一起。朱门里充溢着酒肉的气味,大道上冻死的枯骨又有谁来埋葬呢?不过是咫尺之间,人世的枯荣就如此迥异,杜甫胸中不平。但除了惆怅,似乎也难以找到言语描述。

离开骊山后,杜甫到家了。迎接他的是一声号咷大哭,原来幼子已经活活饿死。悲痛至极的杜甫羞愧难当,想到自己尚能免于租税和兵役,那些失业的平民和远征的戍卒,日子又该有多艰辛?

长安水边的那一幕,俨然是天宝年景社会的缩影。鸾刀缕切空纷纶,精致的手艺,名贵的食材,一旦成为凌空蹈虚、穷奢极侈,就难免"空纷纶"的宿命。

从盛世到残年,忽喇喇如大厦降倾,也不过片刻之间。

杜甫从长安往奉先这一路,只见咫尺枯荣,不解背后缘由。在北方的渔阳,鼙鼓已经动地而来。

安史之乱爆发了。这件大事,华清池里的唐玄宗和杨贵妃也是后来才知道。

且尽生前有限杯

军阀安禄山、史思明打起反旗,玄宗朝上至帝王下到百姓,都心惊胆寒,恐难幸免于难。

在诗人圈子里,王维、储光羲为求自保接受了伪职,李白卷入了永王李璘的叛变,杜甫却在大节上丝毫不亏。他逃离长安,将家人安置在鄜州羌村。听说玄宗之子肃宗在灵武即位,又只身投奔,在中途被叛军抓获。第二年,杜甫伺机走脱,赶到肃宗朝廷所在的凤翔。"麻鞋见天子,衣袖露两肘",固然仓皇,也足见其心殷切赤诚。

肃宗嘉许杜甫的忠勇,授予他左拾遗的官职。然而好景不长,好友房琯获罪后,杜甫上疏申救,触动了肃宗的逆鳞。虽经宰相张镐作保免于重罚,但"帝自是不甚省录"。皇帝的青睐到头了。很快,朝廷将杜甫贬为华州掾。此前,杜甫品级虽低,到底是京官。往后,他只能在地方官员的系统里腾挪了。

失望自然是有的，诗里也藏不住牢骚："无才日衰老，驻马望千门。"可时局和生活容不得片刻的伤春悲秋。肃宗即位并不意味着战乱终结，这场漫长的兵燹一直延续八年，直到公元763年才正式平息。在此期间，唐朝人口锐减到一千六百多万，减少了三分之二。

数字是冰冷的，现实是惨烈的。杜甫形容这一时期是"丧乱死多门"，仇兆鳌在《杜诗详注》里补充说："或死于寇贼，或死于官兵，或死于赋役，或死于饥馁，或死于奔窜流离，或死于寒暑暴露。"

公元758年到759年，杜甫耳闻目睹，创作了大量诗篇，其中就有"三吏""三别"。"莫自使眼枯，收汝泪纵横。眼枯即见骨，天地终无情。"不曾浸泡在生离死别里的人，写不出这样悲悯深挚的诗句。

如果在安史之乱爆发前，黎民还只是生活不易，那战争的爆发显然将民众拖向了水深火热的深渊。759年，关中饿莩遍野，杜甫弃官携家往秦州和同谷奔逃。在组诗《发秦州》里，杜甫说自己"无食问乐土，无衣思南州"。而从一句"充肠多薯蓣，崖蜜亦易求"中得知，当时能吃上一口根茎类食物，或者采一点野蜜吃，已经是无上幸事。

在同谷，杜甫的伙食依然清寒。《同谷七歌》写他手持长镵，在雪地里拾取橡果、栗子，挖掘黄独块茎，衣服覆盖不了胫骨，无功而返后，只听到家人挨饿的呻吟。

王安石评价杜甫"饿走半九州"，并不是夸大之词。身逢战乱与灾殃的杜甫，常有靠橡栗和山果充饥的时刻，"山果多琐细，罗生杂橡栗"。可"乾坤含疮痍"的大时代，能够苟活下来，还有什么好期盼的呢？

在这段时间里的杜甫，吃得不能更潦草。但他不以为忤，也无暇执迷。比起吃什么，活下去才是更紧迫的事。

"翠柏苦犹食，晨霞高可餐。"食翠柏、餐高霞，几乎到了修仙的境界，杜甫也不忘幽自己一默："囊空恐羞涩，留得一钱看。"

朋友送了十三束薤，也就是藠头，他视若珍宝，还把"束比青刍色，圆齐玉箸头"的可爱生机写进诗里。

路遇儿时的朋友卫八，面对动如参商的人生匆匆，他们"夜雨剪春韭,新炊间黄粱",韭菜小米配着酒浆,欢饮不止,哪怕"明日隔山岳,世事两茫茫"。

夜雨剪春韭

好在命运垂顾,拖着老妻幼子在穷山恶水跋涉了两个多月,杜甫在759年年底抵达成都。蜀中自古就是天府之国,可杜甫别无奢望,只求在"三年饥走荒山道"后,寻到一个果腹避寒的安身之所。

杜甫于寺庙借居了三个月,开始着手造房子。在浣花溪边,他觅得一块荒地，修建了属于他的草堂。

草堂百废待兴，杜甫又身无长物，只好搬出"传统艺能"——借。"奉乞桃栽一百根，春前为送浣花村。""草堂少花今欲栽，不问绿李与黄梅。石笋街中却归去，果园坊里为求来。"这些与友朋之间半开玩笑半当真的往来，的的确确为草堂奠定了基础。

实际上，杜甫的朋友们向来善待这位失意又多情的诗人。晚年和高适重逢，杜甫记录了这位贵为刺史的旧雨如何帮衬自己："故人供禄米，邻舍与园蔬。"

杜甫逗留蜀地最重要的贵人严武，对他也不吝给予。除了表荐他任检校工部员外郎，严武还关心老友的生活琐事。他照拂草堂的进程，给贪酒的杜甫赠送青城山道士酿制的乳酒，诗人一激动，"山瓶乳酒下青云，气味浓香幸见分"。

杜甫前半生或游历，或漂泊，蜀地是饱经风霜后姗姗来迟的安稳。他自然要吟咏生活，讴歌日常，在相对固定的图景中寻觅诗意。这一阶段的杜诗也明快起来。

"田翁逼社日，邀我尝春酒。""锦里先生乌角巾，园收芋栗未全贫。惯看宾客儿童喜，得食阶除鸟雀驯。"因为心情清朗飘逸，田园风物和邻里交往也变得别开生面。最有代表性的当数《客至》：

舍南舍北皆春水，但见群鸥日日来。
花径不曾缘客扫，蓬门今始为君开。
盘飧市远无兼味，樽酒家贫只旧醅。
肯与邻翁相对饮，隔篱呼取尽余杯。

花径未扫，蓬门新开，家无兼味，只存旧酒，但只要心境轻捷，哪怕田间对饮，也忍不住干了一杯又一杯。后人评论这首诗"潇洒流逸"，是杜甫早先的诗歌中极为稀少的。

身居蜀地的杜甫逐渐开始关注生活之美。于是作出了"细雨鱼儿出，微风燕子斜""榉柳枝枝弱，枇杷树树香。鸬鹚西日照，晒翅满鱼梁""家家养乌鬼，顿顿食黄鱼"。而素喜吃鱼的杜甫，不经意间就暴露了饮食的偏好。

顿顿食黄鱼

　　杜甫在蜀期间，严武奉诏还朝，依依不舍的杜甫坐船直送三百里，一路到了绵州。杜甫写了一首灵动的《观打鱼歌》，有"渔人漾舟沉大网，截江一拥数百鳞"，"饔子左右挥双刀，脍飞金盘白雪高"之类的诗句。而"鲂鱼肥美知第一"，也是这首诗里的结论。

　　条件允许的话，杜甫的梦想是"日日江鱼入馔来"。蜀地有鱼有酒，杜甫印象极深，"蜀酒浓无敌，江鱼美可求"，"鱼知丙穴由来美，酒忆郫筒不用酤"。丙穴鱼，郫筒酒，天府之国自有佳味。

　　"性豪业嗜酒"的杜甫，现存一千四百余首诗歌，带"酒"字的有三百多首。除了雄浑壮阔的《饮中八仙歌》，杜甫也为不同种类的醇酿留下佳句："钟鼎山林各天性,浊醪粗饭任吾年""射洪春酒寒仍绿,目极伤神谁为携"。

寓居成都草堂的第二年,杜甫写下《绝句漫兴九首》,"苍苔浊酒林中静,碧水春风野外昏""人生几何春已夏,不放香醪如蜜甜"。美酒带给他的欣然,已经冲破舌尖与味蕾,进军精神的领地。

对于酒,杜甫常有不加节制的想法。在风飘万点正愁人的曲江边,他说:"且看欲尽花经眼,莫厌伤多酒入唇。"在一个回暖的腊日,他生出"纵酒欲谋良夜醉"的念头。官军收复河南河北,他激动得发狂,盲呼"白日放歌须纵酒"。

微薄的收入限制了杜甫的狂饮,时常借钱买酒、寻人蹭酒的杜甫,唯有在想象中升华对酒的痴迷:"莫思身外无穷事,且尽生前有限杯。"

更多时候,杜甫要靠粮食、蔬菜与瓜果度日。草堂开了苗圃,他种莴苣,栽药材。粳米不够吃,芜菁来充饥——"冬菁饭之半。"茹素时,杜甫吃莼、葵、芋等,"我恋岷卜芋,君思千里莼"。他也吃野菜,譬如马齿苋,"苦苣刺如针,马齿叶亦繁。青青嘉蔬色，埋没在中园"。长安赴宴时，他尝到"茵陈春藕香"，春藕生食，拌以茵陈的香味，叫人难忘。直到近世，名伶梅兰芳还沉迷同仁堂以茵陈和白干炮制的"绿茵陈"。

山芋、莼菜

杜甫晚年"滑忆雕菰饭，香闻锦带羹"，缅怀的是茭白的菰米做饭，柔嫩的莼菜煮羹。他也想念长安的白米饭，友人王倚曾去集市赊米，配合长安冬天酸且绿的腌菜、白净如锦的土酥，固然清简，却是寄托了深情厚谊的一餐。

唐代流行一种凉面，杜甫专门写《槐叶冷淘》一诗记述。

采集槐树叶,微煮之后捣碎,取汁液和面,蒸煮后浸入冷水,颜色碧绿,入口凉滑,配上芦笋简直珠联璧合。美食家苏轼也写过槐叶冷淘,"青浮卵碗槐芽饼,红点冰盘藿叶鱼"。可即便是写面食,杜诗的最后一句仍是"君王纳凉晚,此味亦时须"。一个不时与饥饿为伴的人,吃罢一碗凉面,想到的还是皇帝,无怪苏轼会用"一饭未尝忘君"来评价他。

槐叶冷淘

丰裕时,杜甫的生活里不缺瓜果。"万颗匀圆讶许同"的红樱桃是他的珍味。"绿垂风折笋,红绽雨肥梅""重碧拈春酒,轻红擘荔枝"也都是色彩纷呈的果品盛宴。种桃种李种春风的杜甫,核果也少不了。

最绝的是，杜甫是一位吃瓜能手。身在夔州时，都督柏茂林送来一种叫蒲鸽青的瓜果，"倾筐蒲鸽青，满眼颜色好"。杜甫赶紧拿竹竿当水管，接引冰冷的山泉水。因为"沉浮乱水玉""瓜嚼水精寒"，冰镇之后的瓜果，才有那一口沁人心脾的甜。

遗憾的是，这些关于美食的片段，并不是杜甫客居蜀中的全部。就算相对安稳，身逢乱世，吃饱始终会成问题。"痴儿未知父子礼，叫怒索饭啼门东。"初看是批评儿子不知礼数，细想更像是自责。命运也没有善待颇有美食家天赋的杜甫，在蜀中，他有过酒足饭饱的时刻，但也写过这样的诗句："三年奔走空皮骨，信有人间行路难。"

形销骨立，世道艰难。何况，杜甫是不会长留蜀中的。他的出走是一个必然。家国未定，叛乱方平，吐蕃的边衅又已开启。严武过世了，群龙无首的蜀地眼看又要陷入割据。而在心底，自知衰朽残年的杜甫，仍放不下致君尧舜的旧梦，"此生那老蜀，不死会归秦"，只要有一口气在，他还想回到长安，那个帝国曾经光华绝代的都城。

心思忧郁，现实催逼，前路幽幽暗暗，杜甫又拖家带口上路了。在一艘小船上,他看见"星垂平野阔,月涌大江流"的胜景,却感到"飘飘何所似,天地一沙鸥"般孤寂。

公元768年,杜甫彻底离开四川,赴江陵,转公安,登上岳阳楼。五十多年的往昔在眼前如长卷铺展,不禁作出"亲朋无一字,老病有孤舟,戎马关山北,凭轩涕泗流"的诗篇。至亲好友音讯断绝,垂老病体孤舟做伴,北方的戎马还在杀戮奔驰,独自凭栏,涕泗横流之余,心事更与谁人说?

又过了一年多,投告无门的杜甫无力谋生,又逢战事,东飘西荡,因江水暴涨受困耒阳。此时的他已经几天没吃东西了。幸好耒阳聂县令是旧识,闻讯后送来白酒与牛肉。杜甫为此还写了答谢诗:"礼过宰肥羊,愁当置清醥。"可这份谢意尚未抵达县令手中,杜甫就与世长辞了。

公元770年,杜甫走完了历时五十九年,与时代变局同呼吸、共命运的一生。

《旧唐书文苑本传》说他"啖牛肉白酒,一夕而卒于耒阳",《新唐书本传》的说法则是"令尝馈牛炙白酒,大醉,一夕卒"。因为语焉不详,杜甫的死因历来是一桩公案:有说他因为久饿而暴食，消化不良致死；有说他误食变质牛肉，病重亡故；也有说他的故去与牛肉白酒无关，只是病体没能熬过那个严冬。

是非曲直，未有公论，但有一点是肯定的。任何的穿凿附会，都隐藏着真切的期待。那么多人相信杜甫的死与白酒牛肉有关，恰恰是因为他们不愿理解和接受，一位知情识趣的生活专家，一位躬逢盛世的伟大诗人，一位心忧黎民的道德楷模，竟然要在流亡与饥饿中了此残生。

我们甚至无法简单地把杜甫视作一位美食家。在口腹之欲这片精巧的疆土之上，有"及壮当封侯"的野望与"丈夫誓许国"的决心，有"上感九庙焚"的忠烈与"下悯万民疮"的广阔。哪怕这些在杜甫五十九年的人生里，都不足以让他对自己感到满意，我们也不能用失败来形容他。

因为，王侯将相终成黄土，而我们有幸，拥抱了不朽的诗篇。

陆游

◎ 命运钟摆上的赤子

此身合是诗人未?细雨骑驴入剑门。

公元1125年,北宋宣和七年,祖籍越州山阴(今浙江绍兴)的淮南计度转运副使陆宰奉诏入京,任京西路转运副使。

在宋朝官制里,转运使掌管一路钱粮,兼领考察官吏、清点刑狱、举贤荐能的职责,属于地方高级官员。由淮南调京西,职级不变,到底离权力中枢更近了一点,然而陆宰的心里颇不平静。

陆宰生在官宦世家。父亲陆佃一心报国,著作等身,却由于师从王安石,饱受旧党攻击。好不容易熬到尚书右丞的任上,又因为蔡京当道,被划入旧党的行列,受排挤,遭贬谪,死在亳州知州任上。父亲究竟是新党还是旧党?陆宰看不穿,猜不透,一如对自己的前途,对眼下的时局。

陆宰进京,计划走淮水,进汴河。只要官船开进平静的汴河,就能够安心航行。可偏偏,淮水上兴起了疾风骤雨。黑云翻墨,白雨跳珠,烦闷焦躁的情绪将陆宰紧紧包裹。就在不便寻医的当口,夫人又要临盆。万幸,一个男婴呱呱坠地。

产前一晚,夫人梦到上一辈文人秦观秦少游。陆宰不明就里,却愿意接受命运的暗示,给孩子起名陆游,表字务观。这一天是阳历 11 月 13 日,凛冬将至。

宣和年间的北宋,远看雕梁画栋,近观大厦将倾。茶坊酒肆灯火通明,一片暗影却在悄然迫近。就在陆游出生的十天前,金朝的女真统治者拟定了一份兵分两路的突袭方案,西路由大同直逼太原,东路由卢龙取道燕山。两路合兵,剑指北宋都城东京。直到陆游出生前一天,北宋仍对金朝的计划茫然无知。

淮水上的那场风雨,似乎是王朝颠覆的预兆。生在宋金战云之下的陆游,也早早奠定了一生的基调。在八十五年的生命历程里,围绕抗争复国、收拾河山,命运的钟摆会一次又一次提示他、磨砺他、捶打他。

战事如期打响。不到一个月,金军攻占燕山府,随后包围太原。面对如画江山,书画双绝的宋徽宗退缩了。他将皇位传给儿子宋钦宗，以太上皇自居。钦宗即位后，改元靖康。1126年，是为靖康元年。

人们对这个年号不会陌生。岳飞在他的代表作《满江红》里就写过："靖康耻，犹未雪，臣子恨，何时灭。"伴随着耻辱性的溃败，"靖康"这个年号只维持了两年。徽宗仓皇出逃，钦宗被迫应战，旋即又屈服。暂时接受纳贡退兵之后，金朝卷土重来。靖康二年（1127年），东京陷落，徽宗钦宗及后妃宗室三千余人，一并被俘虏北去。

覆巢之下，焉有完卵。陆宰的人生骤逢变故。靖康元年四月，京西路转运副使的任职取消了。当年秋冬，陆宰举家从东京返乡避祸，沿途尽是兵荒马乱。陆游后来在诗里说："扶床踉跄出京华""我生学步逢丧乱"。奔波之际，"人怀一饼草间伏，往往经旬不炊爨"。看到金军，全家拿着饼躲到草堆里，开不了火仓、吃不上热饭，实属常事。

一家人颠沛流离，终于在陆游三岁那年有惊无险地回到山阴。然而还乡并不意味着太平，金兵打进浙江境内，陆宰只得依附东阳（今浙江金华）的一支抗金义军。义军头领陈宗誉仰慕陆宰的清名，安置地极为尽心，陆游也在义军之中度过了六岁到九岁的三年。除了在父亲的督促下勤读诗书，他也和绿林豪杰舞枪弄棒。此后的尚武精神与从军志向，与儿时成长不无关系。

在此期间，政局也在更迭。钦宗的弟弟康王赵构登上帝位，年号建炎。在短暂的假意抗金之后，高宗一路南逃，从扬州、临安、越州转明州出海，直到金朝因战线过长撤兵，才回到临安定都，开启了南宋的大幕。

偏安一隅的新政权建立了，动荡稍缓，少年陆游随陆宰回家闲居。父亲的友人不时来拜访，谈及国家前途，流泪哀恸，食不下咽。这样的画面，深深镌刻在陆游的心里。出身书香门第的陆游聪颖过人，《宋史·陆游传》说他"年十二，能诗文"。十三四岁时，他看见父亲的藤床上放着陶渊明的诗集，读后欣然会心，"至夜，卒不就食"。

美食家陆游在年少时，并未对食物显露过高的热忱。在给老师曾几的诗里，他也提到"忽闻高轩过，欢喜忘食眠"。是什么让陆游走上了知味食髓的道路？或许，我们无法绕过这几个站在他命运节点上的人。

第一个人叫秦桧。也许是和岳飞绑定得过于紧密，以致很多人会忽略身为权倾一时的重臣秦桧究竟改变了多少人的一生。陆游是其中之一。用两个字概括陆游与秦桧的关系，就是仇隙。

于公，秦桧是主和派的首脑，先后解除了韩世忠、张俊与岳飞的兵权。陆游曾经直抒胸臆地写过："公卿有党排宗泽，帷幄无人用岳飞。"结党营私，畏缩避战，甚至与金朝签订辱国和议。如此秦桧，在拳拳报国的陆游看来，自然是罪恶渊薮。

于私，陆游也受秦桧摆布拨弄。陆游的父亲陆宰与叔父陆宲都是主战派，与友人来往，常常针砭时弊。他们提到秦桧，就切齿愤恨，以暴秦都城"咸阳"指代。秦桧对此有所耳闻。陆游的老师、江西诗派的大诗人曾几，连同其兄曾开，也都是力主抗金的名士。因为当面驳斥秦桧，曾开与曾几被罢免官职。

陆游身为陆家子弟、曾氏传人，秦桧如何看待他，可想而知。但陆游又必须和秦桧打交道。出于立德立功立言的抱负，陆游无法归隐林泉，而要科考为官，就必然一头扎进秦桧编织的官场网络。

陆游一生，经历过三次科考。十六岁小试身手，铩羽而归。十九岁诗名初具，依旧名落孙山。公元1153年，二十九岁的陆游再次来到临安。这一次，他参与的考试叫"锁厅试"。因为陆家多代从政，据宋制，子孙可恩选入朝荫补为官，针对这些荫补考生的就是"锁厅试"。

陆游此时已经文名远播，又有真才实学，按说是状元的不二人选。然而，他遇到了秦桧的孙子秦埙。借祖父的声威，秦埙也对头名志在必得。张榜之后，陆游第一，秦埙第二。耿介的主考官陈之茂通晓内情，依然如实判卷。第二年殿试，由宋高宗出题。秦桧向皇上打陆游的小报告，说这个人刚直，"喜论恢复"。宋高宗对主战派素无好感，殿试之后，非但陆游考场失利，陈之茂也遭到罢免。第二年，秦桧去世，陆游没有受到追惩，但第三次科考也无功而返。晚年自述时，陆游说自己"名动高皇，语触秦桧"，以科举入仕途这扇大门，彻底关闭了。

第二个改变陆游一生的人叫唐琬。直至今日，绍兴沈园仍是思慕爱情的男女凭吊祈祷的热门景点。可陆游和唐琬的爱情，实在是一场情深不寿的悲剧。

二十多岁时，陆游遇见唐琬，虽是父母之命媒妁之言，却有幸珠联璧合琴瑟相谐。可惜，夫妻感情虽好，婆婆却从中作梗。陆游的母亲逐渐威逼压迫，个中原因，有说唐琬无子，有说担心陆游沉溺情爱荒废功名。长于传统官宦家庭的陆游最看重忠孝二字，无法忤逆母亲，只好忍痛给唐琬下了一纸休书。

1155年，三十出头的陆游去城南禹迹寺边的沈园踏青，迎面走来一对青年男女。陆游凝神一看，如遭电击。女子正是他的原配唐琬，身旁男子则是其现任丈夫赵士程。赵士程与陆游本是同辈，又是旧识，为免尴尬赶忙相认，还令随侍的童子送来酒菜。

陆游没有设想过这样的重逢，睁眼是熟识的酒菜，闭眼是伊人的身影，千头万绪，百感交集，唯有诗情自遣。于是，他写下了那首千古流芳的《钗头凤》：

红酥手，黄縢酒，满城春色宫墙柳。
东风恶，欢情薄，一怀愁绪，几年离索。错，错，错！
春如旧，人空瘦，泪痕红浥鲛绡透。

> 桃花落，闲池阁，山盟虽在，锦书难托。莫，莫，莫！

佳人红酥手，醇香黄縢酒，春色满墙，杨柳依依。可惜好景不常在，酷恶的东风吹散了美好，徒留下一怀惆怅和几年萧索。而今意外再见，旧时的誓言仍在，想鸿雁传书却不可能了，除了"莫，莫，莫"，还能怎么表达相思与憾恨呢？

沈园一别，不久唐琬便辞世了。但她一直住在陆游心里。他虽然也曾续弦，也曾纳妾，子女陆续降生，但唐琬在陆游情感版图里的位置从未被撼动。婚姻和爱情，自古就未必是同一件事。

七十五岁时，陆游又来到沈园。往事历历，他作了两首诗。一首写道：

> 城上斜阳画角哀，沈园非复旧池台。
> 伤心桥下春波绿，曾是惊鸿照影来。

物是人非，或许是有情人最无力治愈的伤口。想到挚爱已

经故去四十年,自己又走到暮年,陆游写了第二首诗:

梦断香消四十年,沈园柳老不吹绵。
此身行作稽山土,犹吊遗踪一泫然。

行将变成会稽山下的一抔黄土,依然要到沈园来凭吊一下唐琬的遗踪,哪怕代价是潸然泪下。

陆游和唐琬共同分享了一段几年的爱,却要用一辈子来惦念和偿还,可能这就是至死不渝的浪漫。

陆游到沈园,远不止这两次。无论是亲临还是梦见,沈园和唐琬是他一生难解的结。此后的人生旅途上,备受摧残打击的陆游也曾放浪形骸,但唐琬的"惊鸿照影",断绝了他情海沉浮的残念。

影响陆游至深的,还有一对父子:宋高宗与宋孝宗。

高宗皇帝赵构主和,自有深层动机。徽钦二帝尚在北国,金兵如今一路杀伐,高宗既不想迎回父兄,又害怕战事不力,龟缩成了最优解。即便割地纳贡,称金朝为"上国",以"臣"

自居，只要不动摇"山外青山楼外楼，西湖歌舞几时休"的升平日子，"直把杭州作汴州"也无妨。

可陆游是至情至性的人，但凡于坚持的事情有益，粉身碎骨也在所不惜。为此，陆游和宋高宗之间，有一个极具戏剧张力的场面。官阶平平的陆游没有多少面圣的机会，但在有限的进言中，陆游竟然"泪溅龙床请北征"。

为了请求北伐，胆敢泪洒龙椅，这想必有诗人夸大的成分，但据理力争的执着与炽热，可见一斑。

然而，宋高宗的御驾北征，更像走过场，非但没有和撤退的金兵接战，也不曾扩大战果。反倒是主战、主和两派，据此开启了新一轮的政治斗争。面对越发扑朔迷离的局势，宋高宗向父亲宋徽宗学习，把皇帝的摊子传给了儿子宋孝宗。

孝宗是高宗的养子，在民间长大，对中原沦陷和民不聊生有更切肤的感受。在南宋诸多皇帝之中，他是更关心武备、意图收复的一个。即位后，他改年号为隆兴，结合宋太祖的"建隆"和宋高宗的"绍兴"，承续两宋开国宏图的意思清晰可辨。陆游似乎也随着孝宗主政而时来运转。

孝宗的确看重陆游。陆游有一位邻居周必大,官至丞相,封益国公。两人始终保持着亲密的友谊。有一次,孝宗向周必大询问:"当今诗人里,有谁能与李白媲美?"周必大当即回复:"非陆游莫属。"陆游"小李白"的名声就此传开。

孝宗即位前,陆游位至枢密院任编修官。枢密院与中书省是南宋的国务机关,一武一文,枢密院管辖军事机密与边防要务。编修的官阶不高,不过至少陆游已经在核心机构任职。后经举荐,陆游受孝宗召见,对答如流,颇合圣意。孝宗赐陆游进士出身。

科考三度失利的阴霾,自此一扫而空。对陆游来说,"赐进士"甚至比考上的进士更珍贵,"惟是科名之赐,近岁以来,少有此比。不试而与,尤为异恩"。不必考试就赐进士,这在当年是罕见的,足见孝宗特殊的恩典。

孝宗当政后,主战派逐渐得势。陆游也积极上书,陈说战争形势与筹兵方略。笔力强劲的陆游得到了为中书省、枢密院起草文件的工作。在他看来,能代军政要员执笔,已经是核心部门不可或缺的一员。

征战趋势明朗，北伐箭在弦上，陆游一生的宏愿转眼就要兑现。就在这时，孝宗给陆游派了新任务：为太上皇修"圣政"，也就是实录与年谱。陆游明白这是一份眷顾，但内心也不免烦闷。皓首穷经从来不是他的梦想，"少鄙章句学，所慕在经世"，当下最迫切的经世大业，肯定是击退金兵。

命运又和陆游开了个玩笑。不久之后，狂狷的陆游提醒孝宗注意身边的亲信培植党羽，触怒了孝宗。一道圣旨，陆游被贬为镇江府通判。赴任前，陆游回了一次山阴，南宋与金朝的战火在此时点燃。因为仓促出击，宋军在符离大败，孝宗无奈接受隆兴合议。自此以后，孝宗与金朝的国书里，不再以"臣"自居，转而以"叔大金皇帝""侄宋皇帝"相称。

具体到陆游身上，战事失败直接导致主战派被清算，他也因此被罢官遣返。理由很清楚："交结台谏，鼓唱是非，力说张浚用兵。"一个拼命鼓吹抗争的人，当然要为败局付出代价。

三十四岁正式踏上仕途，两年后调到京城，三十九岁被贬，四十二岁罢官。有锋芒毕露，有黯然神伤，有春风得意，有仓皇颓唐，陆游依旧是那个言行合一、我心光明的赤子。

没有迹象表明,陆游的前半生对美食产生过浓厚的兴趣。但我们可以看到,在时代的钟摆上,主战、主和的更替左右着他的人生。他不是一个好命的人,没有顺遂的旅程。

高官之路葬送了,一生所爱离开了,抗金事业搁置了,人到中年的陆游,忽然闲了下来。

川行散记：未尝举箸忘吾蜀

忙碌的人一旦有了闲暇，喟叹会生发，兴趣会显现。陆游为官的起点是三十四岁那年在福建宁德做主簿。这是一个县属小官，无太多案牍劳形。晚秋时节，陆游和友人朱景参相约佛寺，庭前的荔枝树上，高挂着鲜红的果实。在酒酣耳热之际，陆游写道："故人小驻平戎帐，白羽腰间气何壮，我老渔樵君将相。小槽红酒，晚香丹荔，记取蛮江上。"而立之年已经自叹衰老，寄情诗酒，也逐渐留心起人间风物。

"尊酒如江绿，春愁抵草长，但令闲一日，便拟醉千场。"这样的状态，时常出现在陆游的生活里，直到其奉调入京。

四十二岁离京还乡，陆游的失意怅惘和随遇而安又起来了，他自许"看破空花尘世，放轻昨梦浮名"。待业第二年，他写了著名的《游山西村》：

莫笑农家腊酒浑，丰年留客足鸡豚。
山重水复疑无路，柳暗花明又一村。
箫鼓追随春社近，衣冠简朴古风存。
从今若许闲乘月，拄杖无时夜叩门。

乡间野老同举杯，更显"丰年留客足鸡豚"的珍贵。就如同人生漫漫，无须沉溺于一时的完美，"山重水复疑无路，柳暗花明又一村"。丧气是有的，但绝望从不是陆游的心性。就像借咏梅自况的时候，他会说："零落成泥碾作尘，只有香如故。"

书斋修好了，题名"可斋"，因为"得福常廉祸自轻，坦然无愧亦无惊。平生秘诀今相付，只向君心可处行"。只要内心有一个"可"字，虽千万人吾往矣。

看起来，要在乡野了此残生，陆游是不甘心的。他确实也等到了机会。赋闲四年之后，四川宣抚使王炎寄来一封邀请函。北伐的号角仿佛又要吹响了。在给王炎的回信里，陆游甚至用了"某敢不急装俟命，碎首为期"这样夸张的语句。

就在陆游枕戈待旦，只等为国捐躯之际，朝廷下了一纸诏令，陆游"以左奉议郎差通判夔州军州事"。夔州地处偏远，既远离京师，又不涉前线，通判还是个无足轻重的小官，陆游"平生万里心，执戈王前驱"的军旅梦又破碎了。

公元1170年，四十六岁的陆游携家眷从山阴赴夔州。一路舟车劳顿，病困交加，足足走了一百六十天。其间，陆游没少发牢骚，途经苏州，他说："风月未须轻感慨，巴山此去尚千重。"在黄州，他写："万里羁愁添白发，一帆寒日过黄州。"行至江陵，他感慨："道路半年行不到，江山万里看无穷。"

好梦中断，远行艰难，陆游的怨愤可想而知。可他依然将这一百六十天的自然名物和风土人情择要写成了《入蜀记》，这是中国最早的长篇游记之一。

到任后，陆游的职责是分管学事及农事。夔州地处荒僻，瘟疫横行，学事与农事都很废弛。一腔热血的陆游主动求变，写了两封信，一封给丞相虞允文叹辛苦经，诉说夔州生活的不易；另一封，自然是给四川宣抚使王炎，重提参军旧事。写第二封信时，陆游"抚剑悲歌，临书浩叹"，殷切可想而知。

求贤若渴的王炎立即给陆游回信，一心投笔从戎的陆游，终于有机会身临前线。当时的陆游已经年近五旬，但在回忆南郑军旅生涯的诗里，却说"念昔少年日，从戎何壮哉"，"忆昔西征日，飞腾尚少年"。老夫聊发少年狂，因为热爱，所以年轻。

在南郑，陆游向王炎献计献策，还在严酷的条件下亲身参与了大散关的战役，于是有了"铁衣上马蹴坚冰，有时三日不火食"的诗句。了解了这一番经历，才能明白"楼船夜雪瓜洲渡，铁马秋风大散关"背后暗藏的山河呜咽与鼓角争鸣。南郑的戎马生涯，催生了陆游诗词的飞跃。用他自己的话说，"四十从戎驻南郑"，"诗家三昧忽见前"。

可是，在战和方针朝令夕改的南宋，南郑的荣光注定只是一瞬华彩。当年九月，朝廷贬虞允文为四川宣抚使。十月，王炎奉诏回京，幕僚星散。陆游改成都府安抚司参议官，十一月赴任。经过剑门关，天空飘起细雨，他自嘲道："衣上征尘杂酒痕，远游无处不消魂。此身合是诗人未？细雨骑驴入剑门。"在南郑时想射虎，想杀敌，强渡渭水，坚守散关，到头来，不还是一个斜风细雨里走向安逸的诗人吗？

百无聊赖，壮志难酬，陆游就这样开始了八年的川中生涯。

这里也成为他除了山阴,盘桓最久的第二故乡。蜀地为官,陆游难言满意,毕竟西南一隅对抗金大业助力甚微。但四川的风土和物产令他安适喜悦,被打压的赤子之心,在生活的美意之中寻到了出口。

天下诗人皆入蜀,晚唐诗人韦庄笔下"春晚,风暖,锦城花满"的川中情景,也深深吸引着陆游。陆游自言"六十年间万首诗",后世统计《剑南诗稿》存诗九千余首,其中以饮食为主题的近四百首,涉及饮食方面的达到三千多首。而陆游在四川作诗九百余首,回乡后回忆蜀地生活的又有一百多首。两相关联,对四川美食的偏爱就不言自明了。

蜀中美食,陆游如数家珍。他写过大量题为"戏作""戏书"的小诗。

"东门买彘骨,醯酱点橙薤。蒸鸡最知名,美不数鱼蟹。"成都东门的猪排滋味一绝,肉质上好的排骨,配合橙子及薤头调制的酸酱,脂香四溢,又解腻爽口。在陆游看来,美味不能一笔带过。他不止一次点东门彘肉的名,"东门彘肉更奇绝,肥美不减胡羊酥"。

酱大骨

南宋的成都东门看来是网红美食打卡点,除了猪肉,还有知名的蒸鸡,和美不胜数的鱼鳖。难怪陆游晚年回忆成都,说道:"锦城旧事不堪论,回首繁华欲断魂。绣毂金羁三十里,至今犹梦小东门。"蜀地美味,不敢多提,一说就不免大兴口腹之欲。

四川地大,食材精绝,陆游逐一记述。色如鹅黄三尺余的新津韭黄,白似玉的唐安薏米,美胜肉的汉嘉干木耳。苏轼的家乡味"元修菜",也就是形如豌豆苗的巢菜,陆游也中意,"便觉此身如在蜀,一盘笼饼是豌巢"。一口下去,就如同置身蜀地。

同样让陆游难忘的,还有锅盖都掩不住杏气的龙鹤羹,棕笋也口口入魂。"玉食峨眉栮,金齑丙穴鱼",不仅蔬菜和肉食让人击节赞叹,蜀地水系发达,丙穴鱼、江团、鲈鱼、甲鱼也构成了餐桌上的珍稀回忆。

面对林林总总的美味,陆游哪怕离开四川七年,只要举起筷子,依然会想起那段巴蜀时光——"东来坐阅七寒暑,未尝举箸忘吾蜀。"

不光会品尝,陆游也善烹调。他写《食荠十咏》,吃荠菜都有那么多感叹,"小著盐醯助滋味,微加姜桂发精神"。另一首《饭罢戏示邻曲》里,陆游还卖弄起来:

今日山翁自治厨,嘉殽不似出贫居。
白鹅炙美加椒后,锦雉羹香下豉初。
箭茁脆甘欺雪菌,蕨芽珍嫩压春蔬。
平生责望天公浅,扪腹便便已有余。

炙白鹅要放花椒,野鸡羹要下豆豉,笋尖脆炒,蕨芽嫩煮,已经是精选食材、精细料理的典范了。如此食不厌精、脍不厌细,还说平生也不问天公求什么,只要吃饱喝足,饭后摸一摸便便大腹就足够,真是又纯真又气人。

文人多嗜酒,陆游也不例外。陆游酒瘾之大,有诗为证:"客中得酒薄亦好,江头烂醉真不惜。""百岁光阴半归酒,一生事业略存诗。"

但他的买醉又不是浇愁,因为胸中报国的块垒坚如磐石。有一次,陆游赴将军吴挺家饮宴。酒过三巡,吴挺鼓励宾客题诗,陆游一边喝酒,一边提笔写道:"参谋健笔落纵横,太尉清樽赏快晴,文雅风流虽可爱,关中遗庤要人平。"文雅风流,岁月静好,可关中遗庤靠谁去平定?赤子就是这样的脾性,无视场合,不顾人情,但言真意,无愧此心。

四川盆地周边环山,空气对流缓慢,如同一个天然发酵池,千百年来名酒辈出,星汉灿烂。杜甫说"蜀酒浓无敌,江鱼美可求",李商隐写"美酒成都堪送老,当垆仍是卓文君"。陆游干脆把成都锦江视作私家酒场——"十年裘马锦江滨,酒隐红尘","世上悲欢亦偶然,何时烂醉锦江边?"

酒劲有了,喝点什么好?陆游在眉州时爱喝"玻璃春",写过很漂亮的句子:"玻璃春满琉璃钟,宦情苦薄酒兴浓。"

喝罢豪情陡生,"饮如长鲸渴赴海,诗成放笔千觞空"。

玻璃春满琉璃钟

在汉中,陆游又迷上了当地美酒"鹅黄"。"房公一跌丛众毁,八年汉州为刺史。"这么幽怨起笔的诗,竟然能以"叹息风流今未泯,两川名酝避鹅黄"收尾,足见陆游喝得多么畅快!

但由于心系家国,陆游的畅快总有空虚的底色。他在喝醉后写自己的荒唐可笑:"似闲有俸钱,似仕无簿书,似长免事任,似属非走趋。"俸禄不多不少,公务不闲不忙,长官不像长官,下属不像下属,唯有"病能加餐饭,老与酒不疏"。

陆游的蜀中生活不可谓不丰富。怀念成都时,陆游这样写:

放翁五十犹豪纵,锦城一觉繁华梦。竹叶春醪碧玉壶,桃花骏马青丝鞚。

斗鸡南市各分朋,射雉西郊常命中。壮士臂立绿绦鹰,佳人袍画金泥凤。

橡烛那知夜漏残,银貂不管晨霜重。一梢红破海棠回,数蕊香新早梅动。

酒徒诗社朝暮忙,日月匆匆迭宾送。浮世堪惊老已成,虚名自笑今何用。

归来山舍万事空,卧听糟床酒鸣瓮。北窗风雨耿青灯,旧游欲说无人共。

锦衣名马,美酒佳肴,欢饮达旦,迎来送往。可梦醒时分,仍然不免"万事空"的唏嘘,美好总被凝重的心事驱散。

陆游当然热爱物阜民丰的蜀中,美食佳酿抚慰人心。回到故乡之后,一句"依然锦城梦,忘却在南州"道出了他对四川的想念,而理由似乎很简单,"自计前生定蜀人"。

可是,在闲适纵情过后,匈奴未灭的伤痛又浮上心头。在四川,陆游和诗人范成大有一段交往,送范成大回朝时,陆游写了一首诗:"平生嗜酒不为味,聊欲醉中遗万事。酒醒客散独凄然,枕上屡挥忧国泪。"爱国忧国,一至于此,对陆游而言,"醉中遗万事"不过是痴人说梦。

讽刺的是,陆游在四川以酒浇愁,政敌却不打算放过他。1176年,他遭到弹劾,罪名比"喜论恢复""力说用兵"更荒诞:燕饮颓放。

陆游干脆把心一横,给自己添了一个"放翁"的别号:"名姓已甘黄纸外,光阴全付绿尊中。门前剥啄谁相觅?贺我今年号放翁。"说我燕饮颓放,我便以此为荣,陆游以这般潇洒叛逆的姿态告别蜀地,重归山阴。

赤子未必能求得圆满,却一定无惧黑暗。

故乡鱼米：十年流落忆南烹

离开蜀地后，陆游对官场别无挂念，"决意不复仕宦"。从1189年罢官到1209年身殁，二十年光阴，陆游都投掷在山阴故园。

家乡回馈这位游子的，是熟悉的物产与滋味。山阴地处江南鱼米之乡，江鲜河鲜富足。"鲈肥菰脆调羹美，荞熟油新作饼香。自古达人轻富贵，倒缘乡味忆回乡。"家乡的鲈鱼和茭白一起煮羹，配上荞麦制作的香酥油饼，清简朴实，却令贵人思乡。

鱼羹

在《洞庭春色》里，陆游写："人间定无可意，怎换得玉脍丝莼。"玉脍就是被隋炀帝誉为"东南佳味"的"金齑玉脍"，鲈鱼切成薄片，拌以切成金黄细丝的酱菜，再来一碗莼菜羹，吴地就成了可意人间。

陆游嗜鱼，山阴鲈鱼鲜嫩，性价比还高。"细沙卧肋非望及，且炊黍饭食河鱼。""卧沙细肋何由得？出水纤鳞却易求。一夏与僧同粥饭，朝来破戒醉新秋。"卧沙细肋的鸡很难得，水里的鲈鱼却易求，做来和僧人同吃粥饭，鱼之醇美，怕是连出家人都要破戒迷醉。不光和鸡比不了，鲈鱼简直和春天的荠菜一样实惠，"两京春荠论斤卖，江上鲈鱼不直钱。斫脍捣齑香满屋，雨窗唤起醉中眠"。

不只是吃本身，晴耕雨读，诗酒垂钓，皆是文人雅趣。陆游在作《思故山》时旷达尽显，泊舟江上，"船头一束书，船后一壶酒。新钓紫鳜鱼，旋洗白莲藕"。

蟹也是陆游的贪恋之物，一句"山暖已无梅可折，江清独有蟹堪持"和一句"蟹肥旋擘馋涎堕，酒渌初倾老眼明"说得已很明了。肥美的蟹肉刚要剥开，口水已经流下来，新酒才斟到杯里，昏花的老眼瞬间明亮。贪酒嗜蟹，一至于此。

蟹肥旋擘馋涎堕

立冬后，菊花初开，陆游决定赏游一番，"胡床移就菊花畦，饮具酸寒手自携。野实似丹仍似漆，村醪如蜜复如齑。传芳那解烹羊脚，破戒犹惭擘蟹脐。一醉又驱黄犊出，冬晴正要饱耕犁"。菊花似丹似漆，村酒如蜜如齑，此情此景，烹羊吃蟹简直是人间至美。酒近微醺，驱赶黄牛出来放牧，又是冬日田园的悠然牧歌。

当然，鱼蟹虽味美，陆游也明白过犹不及。更多时候，他的餐桌上是蔬菜和粥饭。《山居食每不肉戏作》记录了一顿粗茶淡饭：

溪友留鱼不忍烹，直将蔬粝送余生。

二升畲粟香炊饭，一把畦菘淡煮羹。

莫笑开单成净供，也能扪腹作徐行。

秋来更有堪夸处，日傍东篱拾落英。

钓鱼的好友为陆游留了一条，没舍得吃，每天还是炊饭煮羹。旁人或许笑这些寒酸，可他怡然自得，还生出东篱拾花的闲情。在这首诗的序言里，陆游不无得意地说："以菘菜、山药、芋、莱菔杂为之，不施醯酱，山庖珍烹也。"可见，不吃鱼除了"不忍烹"，还因为擅长下厨的他早已别开生面。

粥羹是陆游的领域。他在诗里肯定自己的"功绩"——"年来传得甜羹法，更为吴酸作解嘲。"他把喝粥视为养生的妙谛，"我得宛丘平易法，只将食粥致神仙"。三十六岁那年，陆游首度贬官返乡，想起苏东坡被贬时喝的玉糁羹，置办了三眼柴炉和安徽歙县的瓦锅，向前辈致敬——"风炉歙钵生涯在，且试新寒芋糁羹。"

只将食粥致神仙

    陆游是当之无愧的美食家,要归因于他"知味"。蔬菜爱吃霜打的,因有淡淡的清甜,煮时都无须调味——"霜余蔬甲淡中甜,春近录苗嫩不菝。采掇归来便堪煮,半铢盐酪不须添。"而一句"蒸我乳下豚,翦我雨中韭"揭露出,蒸猪肉得是未断奶的乳猪,韭菜得是初雨后的才好吃。哪怕是天上飞的大雁,也得是刚射下的"新弋雁"。

    到了晚年,陆游身体渐弱,开始注重保养,可一句"老无声色娱,戒惧在饮食"道出了他的担忧:贪吃哪里是旦夕就能改掉的毛病啊!

于是,陆游转向更健康易食的蔬菜,"治地开药圃"的一面逐渐展现出来。病中遣怀,他说"菘芥煮羹甘胜蜜,稻粱炊饭滑如珠"。小疾谢客,他又说"晚来顿觉清羸甚,自置篝炉煮粟糜"。若是能在小园里剪一些茼蒿,就觉得能从俗世的烦恼中逃离,一句"小园五亩翦蓬蒿,便觉人间迹可逃"道出了一切。老来牙齿疏松,咬不动硬物,便炒了健脾养胃的栗子当消夜——"齿根浮动叹吾衰,山栗炮燔疗夜饥。"

陆游对美食信手拈来,当然和故乡的鱼米丰饶有关。他眼中的山阴物产,"茗荼落硙压北苑,药苗入馔逾天台。明珠百舸载芡实,火齐千担装杨梅"。鸡头米白如明珠,杨梅红似玫瑰,茗茶现磨,药苗入菜,怎能不爱这烟火人间?

致仕以后的陆游,过着充盈的乡居生活,栽桑养蚕,种菜酿酒,时间的流速似乎也变慢了,目力所及尽是悠然景致:"倚杖柴门外,踟蹰到日斜。儿童拾笋箨,妇女卖茶芽。掠岸过渔艇,隔篱闻纬车。年来诗料别,满眼是桑麻。"

南宋政治积弱,商业却很繁荣。市民阶层兴起之后,饮食文化空前发达。寄情口腹之欲，抒发饮食之趣，成为很多文人共同的选择，这既是逃避，也是代偿。

即便是在这样的潮流里，赤子陆游依然显得卓尔不群。《稽山农》描述了村居之乐："粗缯大布以御冬，黄粱黑黍身自舂。园畦剪韭胜肉美，社瓮拨醅如粥醲。"

陆游还是那个陆游，写完现实，又生感慨："安得天下常年丰，老死不见传边烽，利明画断莫挂口，子孙世作稽山农。"苏轼说杜甫"一饭未尝忘君"，在陆游这里，箪食瓢饮，皆思复国。

两宋的时局就像一个硕大的钟摆，不知幸也不幸，坚毅赤诚的陆游置身其上，宛如飘萍。得意时，他笔底有风雨鬼神，手中有刀剑兵书。失意时，连情路都极度坎坷的他唯有潜心于闲适幽情，在具体的日常里记录、发掘。或许只有这样乍看无用的消遣，才能承载并纾解诗人满腔的血与火，光和热。

"春前腊后物华催，时伴儿曹把酒杯。蒸饼犹能十字裂，馄饨那得五般来。""米如玉粒喜新春，菜出烟畦旋摘供。但使胸中无愧怍，一餐美敌紫驼峰。"陆游写过太多对食物的"戏作",是这份愉悦的"戏",撑起了奋笔疾书平戎策的"真"。

十字饼

假如陆游是北国男儿,故事可能就是截然不同的走向了。宦游蜀中,陆游有时也怀念家乡菜。情动于衷的时刻,他这样写:

十年流落忆南烹,初见鲈鱼眼自明。
堪笑吾宗轻许可,坐令羊酪僭莼羹。

十年流落,总心系江南美食,只要一见到鲈鱼,就会神智清明。可惜,北方的羊酪僭越了南方的菜羹,这说的是美食,又显然不只美食。寥寥"轻许可"三字，就贯穿了陆游的一生。

后世推崇陆游，感怀陆游，往往与其爱国诗人的标签有关。尤其救亡图存的时刻，总有人追慕陆游的忧国忧民。清末的梁启超说得最直白：

诗界千年靡靡风，兵魂销尽国魂空。
集中什九从军乐，亘古男儿一放翁。

钱锺书先生也表达过类似的意思："爱国情绪饱和在陆游的整个生命里，洋溢在他的全部作品里。他看到一幅画马，碰见几朵鲜花，听了一声雁唳，喝几杯酒，写几行草书，都会惹起报国仇、雪国耻的心事，血液沸腾起来。而且这股热潮冲出了他白天清醒生活的边界，还泛滥到他的梦境里去。这也是在旁人的诗集里找不到的。"

他们说得都对。

人生一世，草木一秋，到头来，陆游执念最深的仍旧是复国大业。暮年知悉大计无望，他想的依然是"胡未灭，鬓先秋，泪空流","心在天山,身老沧州"。高寿的他活到八十五岁。弥留之际,面对床前悉心照料的儿子,将要对世界说出最后的话。他留下了四句诗:

死去元知万事空,但悲不见九州同。
王师北定中原日,家祭无忘告乃翁。

这当然令人动容。

可我有时也会想,如果穿透历史的烟幕,细察陆游的一生,有哪个瞬间让人长久感动。王朝会有兴衰,民族会有交融,具体的国仇家恨在漫长的历史中总会模糊失焦。然后我看到,江渚之上的白发渔樵,兴尽豪饮的一壶浊酒,披星戴月的陆游推开了家门:"八十老翁顽似铁,三更风雨采菱归。"

老而顽劣,赤子依然,这样的画面也是永恒的。

曹雪芹

◎ 茫茫大地,历历真言

宝玉因夸前日在那府里珍大嫂子的好鹅掌、鸭信。薛姨妈听了,忙也把自己糟的取了些来与他尝。

公元 1715 年，一个男婴在江宁（今南京）呱呱坠地。他的命不错，生在锦衣玉食的江宁织造府。

从曾祖父曹玺开始，曹家在江宁织造任上已历三世。名义上，江宁织造是内务府设在南京的派驻机构，负责替宫廷采办绸缎布匹等御用物品。暗地里，江宁织造有向皇帝上密折的权力。自曹玺以降，曹家三代都是帝王耳目，论起在江南官场的实际地位，恐怕仅次于两江总督。

帝王的信任，当然不是无缘无故的。曹玺的夫人孙氏曾是康熙皇帝的保母，儿子曹寅又担任过伴读和御前侍卫。曹寅接手江宁织造的位置后，还兼任两淮巡盐御史。在盐铁专营的古代，两淮巡盐御史虽然品级不高，却是通向泼天富贵的肥差。

康熙六下江南，曹寅接驾四次。圣眷日隆，权势自然显赫。

1715年正月,曹寅之子,时任江宁织造曹颙在京述职期间病逝。皇帝谕旨,以曹颙堂弟曹頫过继给曹寅。也是在这一年,曹颙的遗腹子降生了。一来一往,传承似乎在延续。

婴儿满月后,曹頫上奏折,替他起名曹霑,因为"连日时雨叠沛,四野沾足"。"沾"字典出《诗经·小雅》,"既优既渥,既沾既足",有"世沾皇恩"的期许。

可惜,美好的愿望,往往是虚妄的贪图。十三年后,纪元翻到雍正六年(1728年)。新皇帝总是更信任自己人,曹家因亏空获罪,抄没家产,举家从江南织造府迁出,返回北京老宅。

那个叫曹霑的孩子,在江南度过了锦绣童年,随后戛然而止。

回京后的曹霑一天天长大,开始料理家务。曹頫心灰致仕,懒于应酬,曹霑便代为周旋,拜谒朝中故交权贵。乾隆元年(1736年),曹家接到宽免亏空的喜讯,曹霑也进宫任职,先是内务府笔帖式差事,又进入西单石虎胡同的右翼宗学任职。这两个都是不起眼的小职位,日常工作也不外乎助教、舍夫、差役等等。在二三十岁的年纪,曹霑兢兢业业,结识了一些终生挚友。

和王孙公子的真诚交往，没有什么不好。但曹霑的心里有一个愿望：他想把童年锦衣纨绔、富贵风流的日子记录下来，也想将成长中的世道兴衰、人情冷暖如实展现。选定的文体是小说，假借人物之口似乎更方便一些。书名也想了个大概：《风月宝鉴》。

人一有了理想和使命，当差的忙碌日子就过不下去了。乾隆十二年（1747年），三十三岁的曹霑移居北京郊外的西山，继续写小说。断了收入，他靠卖画谋生，敦诚、敦敏、福彭、张宜泉等朋友也不时接济一些。敦诚记录了曹霑生活的拮据："满径蓬蒿老不华，举家食粥酒常赊。"门庭破败，食粥果腹，连喝酒都要赊账。

但物质的困顿阻碍不了曹霑。他夜以继日，"批阅十载，增删五次"，基本完成了《风月宝鉴》的创作。

于有限的现实里，回溯无限的梦幻，很少有人能体会，曹霑怀抱着怎样的心情在动笔。小说初成，曹霑还是放不下。他在四十五岁重游江宁，回京后继续删改。四十八岁那年，幼子夭亡，曹霑悲伤过度，年底也随之而去。

好在，未竟的书稿流传下来，经版本流变和后人编补，终成皇皇巨著。《风月宝鉴》的名字也改了，有叫《石头记》的，更知名的则是《红楼梦》。

在这部浓缩了一生的小说里，饱览朱楼管弦，也见过繁花尽落的曹霑写了一些不祥之语："忽喇喇似大厦倾，昏惨惨似灯将尽"，"好一似食尽鸟投林，落了片白茫茫大地真干净"。欢愉成空，荣华似梦，但人生在世，总得留下些什么。那就留下这些历历真言吧，哪怕：

满纸荒唐言，一把辛酸泪。
都云作者痴，谁解其中味？

后世还是有人能解的，不然也不至于发展出洋洋洒洒的"红学"。太多王孙公子淹没在历史扬起的尘埃里，一部《红楼梦》足以让曹霑万世不朽。

曹霑有个更有名的别号，取自苏轼贬谪黄州时所作《东坡八首》："泥芹有宿根，一寸嗟独在。雪芽何时动，春鸠行可脍。"

回头来看,"雪芹"二字更像贯穿曹霑一生的隐喻:有身陷污泥,有飞鸿踏雪,写的虽是漫随流水一梦浮生,但写作这"流"与"浮"本身,却意义深远。

我们不知曹霑,而知曹雪芹,就因为曹霑经历的繁荣与萧条并不稀罕,而曹雪芹记述的感喟却尤为珍贵。

"假作真时真亦假,无为有处有还无。"太虚幻境的对联,何尝不是曹雪芹的人生姿态。也许玉盘珍馐是一场梦,可把梦写进"红楼",假又兴许是另一种真。当我们用这样的眼光去审视曹雪芹笔下的一草一木一蔬一饭,会更明白美食家曹雪芹笔底流淌的深意。

秦淮残梦：金陵鸭肴甲天下

昌明隆盛邦，花柳繁华地，诗礼簪缨族，温柔富贵乡。

在《红楼梦》的"作者自云"里，曹雪芹自称"上赖天恩，下承祖德"，在江宁的童年堪称"锦衣纨绔之时，饫甘餍美之日"，衣食无忧，金玉满堂。贾宝玉"每日只和姊妹丫鬟们一处，或读书，或写字，或弹琴下棋，作画吟诗，以至描鸾刺凤、斗草簪花、低吟悄唱、拆字猜枚"。多少也是曹雪芹的自况。

和宝玉相似，曹雪芹厌恶八股，不喜读经，反感科考和仕途。"大家长"曹𫖯如同贾政，聘请家教，安排私塾，但祖母李氏像贾母溺爱宝玉一般对待孙儿，因此入世之学上，曹雪芹从小废弛。

但对诗文艺术，曹雪芹深为迷恋。曹家曾在扬州负责《全唐诗》及二十多种精装书的刻印，兼管扬州诗局。家里藏书极多，精本近四千种，幼年曹雪芹博闻强记，尤其爱读诗赋、戏文、小说之类，于美食、医药、茶道、织造等知识技艺也都旁搜杂取。《红楼梦》里俯拾皆是的诗词典故和草木鸟兽之名，或许都是这些"家庭儿童读物"的功劳。

精神富足，物质当然也丰盈。从《红楼梦》里琳琅满目的食物，就知道曹雪芹于美食之道见识颇多。

金陵鸭甲天下。生在江宁，曹雪芹对鸭子再熟悉不过。酒酿清蒸鸭、鸭子肉粥、鸭信，从大菜到主食，再到下酒小碟，鸭子始终是曹雪芹舌尖、心上的挂念。

南京地区河湖密布，鸭子食水草鱼虾长大，皮厚肉紧，品质上佳。面对自然的馈赠，当地人将鸭子料理出千般花样。

曹雪芹视若珍宝的，是鸭子身上的一个小"部件"。我们或许会讶异，堂堂贵公子，心仪的却是仿佛边角料的"鸭信"，也就是鸭舌。但在清朝，鸭舌可是难得的食材。毕竟，物以稀为贵，一盘原料得10多只鸭子才能成就。

糟鸭信

《红楼梦》第八回,薛姨妈留宝玉便饭。宝玉夸赞宁国府尤氏的鹅掌和鸭信,薛姨妈忙把自己糟的也取来。懂经的宝玉笑说:"这个须得就酒才好。"糟卤出自黄酒,再佐两口温过的花雕,味型吻合,口感交融,足见曹雪芹深谙此道。

切莫小看这一口鸭信。以舌头入菜,并不罕见,北方卤口条,南国卤牛脷,都是街头平民的佳肴。但想象衣冠楚楚的宝二爷坐在油垢未尽的板凳上,夹一块卤口条,灌一口二锅头,恐怕也是吊诡的画面。

食物本身并无高下，但阶层与环境会决定口味偏好。吃下去的东西，又会经年累月地塑造我们。

经历过鲜衣怒马，也体会过世态炎凉的曹雪芹，最得此中三昧。《红楼梦》第十九回，茗烟拖着宝玉偷跑到袭人家里。花自芳母子怕冷落少爷，又让他上炕，又倒好茶、摆果子。蕙质兰心的袭人一句话点破："你们不用白忙，我自然知道，不敢乱给他东西吃的。"但一桌果品都摆了，不吃也尴尬，袭人就拈了几个松瓤，吹去细皮，用手帕托着给他吃。粗食细吃，才勉强对得住公子。老北京常说，三代为官，方知穿衣吃饭。小说情节有多少是虚构或未可知，但曹雪芹"少爷生涯"之金贵，一道简约却精致的糟鸭信是最好的缩影。

无鸭不成席，不只是在今天，曹雪芹时代的南京已是如此。《红楼梦》里记述了一道酒酿清蒸鸭。在第六十二回中，柳嫂想走芳官的门路，除了烹饪又别无所长，她叩开贾府大门的"敲门砖"就是一个食盒。打开一看，一碗虾丸鸡皮汤，一碟胭脂鹅脯，一碟奶油松瓤卷酥，一大碗热腾腾碧荧荧的绿畦香稻粳米饭，汤、冷盘和点心都有了，主菜就是一碗酒酿清蒸鸭子。

胭脂鹅脯

芳官是苏州人,习惯甜口,酒酿清蒸鸭正合心意。酒酿有酒的香醇,有糯米的甘甜,鸭肉皮质肥美、肉质紧实。蒸煮后,鸭肉为酒香所包裹,酥嫩的口感搭配清甜的口味,实在是生津下饭的无上妙品。

食客拿食材说笑,总有标准句式。放在鸭子身上,就成了这样:"没有一只鸭子能活着游出南京。"鲜香浓郁的鸭血粉丝汤,汤汁饱满的南京烤鸭,烹饪鸭子对南京人从来不是难事。其中最著名的,还属桂花盛开时的盐水鸭。

饮食可以管窥一城一地的性格。南京似乎就和这些鸭子菜肴一样,质朴随性的外表下,满是精雕细琢。家道中落之前,曹雪芹做了十三年的"秦淮残梦",命运开头的丰裕和美,成了他往后余生的一面镜子,时时对照,时时回味,时时感喟。

红楼飨宴:今雨不来旧雨来

刘姥姥进大观园,是《红楼梦》里极富喜剧色彩的笔墨。促狭的话事人王熙凤,总爱拿没见过世面的刘姥姥逗趣,其中的两个名场面都与美食有关。

《红楼梦》涉及美食约一百九十种,有山珍海味,也不乏蔬果糕点,荤素杂陈,南北兼有。其中仅茄鲞一道罗列了详细做法。

第四十一回,凤姐应贾母之命,给刘姥姥试试茄鲞。布菜归布菜,铁齿铜牙的凤姐嘴不能闲着:"你们天天吃茄子,也尝尝我们这茄子弄得可不可口。"刘姥姥尝罢,不信茄子能跑出这个味儿来,说道:"我们不种粮食,只种茄子了。"众人帮着解释,刘姥姥又尝了一口,将信将疑地回:"告诉我是个什么法子弄的,我也弄着吃去。"

凤姐道:"你把才下来的茄子,把皮刨了。只要净肉,切成碎丁子,用鸡油炸了。再来鸡脯子肉合香菌、新笋、蘑菇、五香豆腐干、各色干果子,俱切成丁儿,拿鸡汤煨干,外加糟油一拌,盛在瓷坛子里,封严了,要吃时拿出来,用炒的鸡瓜子一拌,就是了。"在说如此烦琐的做法之前,调皮的凤姐特意加了句"这也不难",听得刘姥姥摇头吐舌,道:"我的佛祖,倒得多少只鸡配它,怪道这个味儿。"

食不厌精,是孔子强调的古训。直到把茄鲞当下饭"咸菜"的大观园里,我们才直观地领会到这四字的真意。

刘姥姥另一次闹笑话,倒在了"银耳鸽蛋"这道菜上。在第四十回中,史太君两宴大观园,王熙凤故意把一碗银耳鸽蛋放在刘姥姥面前。鸽子蛋软弹,刘姥姥屡夹不起,只好自嘲说:"这里的鸡儿也俊,下的蛋也小巧,怪俊的,我且得一个儿。"

贾母眼泪都笑出来了,凤姐又上去递话:"一两银子一个呢,快尝尝吧,冷了就不好吃了。"刘姥姥听完更着慌了,好不容易撮起一个,才伸脖子要吃,偏又滚落在地。只听她叹道:"一两银子,也没听见个响声就没了!"

贾府是名副其实的钟鸣鼎食之家,《红楼梦》里大大小小的宴会不计其数,只要刘姥姥列席,少不了欢声笑语。和大观园里的老爷夫人公子小姐不同,刘姥姥是普通人的化身,总带着好奇的眼光审视富贵人习以为常的一切,这是小说与戏剧冲突的来源,也是曹雪芹由奢入俭后连通记忆的桥梁。

不知道写到凤姐用鸽蛋戏弄刘姥姥时,曹雪芹是否会回想起亲手为朋友烹饪老蚌怀珠的场景。

曹家尚未败落时,与苏州织造李煦、杭州织造孙文成联络结亲。祖父曹寅也曾主理两淮盐政。因此,曹雪芹儿时走亲访友,多次游历苏州、扬州、杭州等地,家中饮食也颇得淮扬旨趣。

敦敏在《瓶湖懋斋记盛》里写,曹雪芹有次在好友于叔度家,为众多好友做了一道老蚌怀珠,"成品鲜味浓溢,以筷轻起观之,犹如一湖明珠灿然在目,莹润光洁,今日江南佳味,想以此为最",宾主"相与大嚼",美不可言。

以江湖河鲜为主料的淮扬菜注重鲜活,口味平和,老蚌怀珠是其中典型。

曹雪芹用的是鳜鱼,现代人精心还原时,将家常鱼类换成了名贵的甲鱼。至少2只1.5斤左右的甲鱼,裙边才够完成一道老蚌怀珠。先入高汤，再入甲鱼，取裙边红烩，当胶质慢慢熬煮，与汤底融合，滑和鲜就完美绑定。

老蚌怀珠

曹雪芹知味，除了能吃会做，更重要的是能把握食物的"心"。行起酒令来，贾宝玉凭一句"雨打梨花深闭门"吃到一块梨，冯紫英靠"鸡声茅店月"得着一块鸡，蒋玉菡的木樨则是拿"花气袭人知昼暖"换来的。

在《红楼梦》里，不同的菜常与具体的人对应，以食物刻画人物，是曹雪芹的一绝。比如，袭人温驯柔和，糖蒸酥酪最为熨帖；晴雯典雅伶俐，就得吃清炒芦蒿和豆腐皮包子；贾母年迈尊贵，则要配制作方法繁复的松瓤鹅油卷。

鹅油卷

曹雪芹笔下的食物不是呆板的道具，它们有灵且美，总在最恰当的地方产生作用，换一人则面目皆非。

更为人所知的例子是蟹。文人食蟹的传统久已有之。但像《红楼梦》中第三十八回那样生动的场面和汹涌的文思，在文学史和饮食史上都不多见。

秋风起，蟹脚痒，史湘云筹划做东，薛宝钗提议吃蟹。在藕香榭，贾府众人赏花赋诗，对食蟹也有一番精彩描摹。

雌蟹团脐，雄蟹尖脐，九月团脐十月尖，持螯饮酒菊花天。题罢菊花诗，意犹未尽的公子小姐们又拿螃蟹做起了文章。

宝玉先抛砖：

持螯更喜桂阴凉，泼醋擂姜兴欲狂。
饕餮王孙应有酒，横行公子却无肠。
脐间积冷馋忘忌，指上沾腥洗尚香。
原为世人美口腹，坡仙曾笑一生忙。

这就是宝玉会作的诗，平铺直叙地状物，浅尝辄止地用典，无怪乎黛玉要嘲笑他："这样的诗，要一百首也有。"说罢，黛玉也吟了一首：

铁甲长戈死未忘，堆盘色相喜先尝。
螯封嫩玉双双满，壳凸红脂块块香。
多肉更怜卿八足，助情谁劝我千觞。
对斯佳品酬佳节，桂拂清风菊带霜。

明明是"螯封嫩玉双双满,壳凸红脂块块香"的喜人劲头,却生出"多肉更怜卿八足,助情谁劝我千觞"的感伤与自怜。这也是敏感多情的黛玉本人。

至于宝钗,借蟹咏了一首绝妙好辞:

桂霭桐阴坐举觞,长安涎口盼重阳。
眼前道路无经纬,皮里春秋空黑黄。
酒未涤腥还用菊,性防积冷定须姜。
于今落釜成何益?月浦空余禾黍香。

螃蟹不过是食材,宝钗却看出了"眼前道路无经纬,皮里春秋空黑黄"。横行霸道,心机诡谲,到头来也不过落得一个"空"字。禾黍成熟,正值螃蟹肥美的时节,可这些"世故"的螃蟹迎来了佳期,又何尝逃脱得了入锅入腹的命运?机关算尽,不过是白忙一场。都说宝钗成熟,这首诗的成熟背后,已经透出与年纪不符的冷酷与苍凉了。

表面看,曹雪芹在借诗写蟹。事实上,他在借蟹写人。若非在文学和美食上都炉火纯青,如何能翻出这万般变化?

大闸蟹

《红楼梦》是最华美的锦衣,曹雪芹以食物穿针引线。一道菜,一个人,一席宴,一段情,笔走龙蛇,翩跹起舞。

曹雪芹笔下的飨宴驳杂宏大,追慕者当然趋之若鹜。1983年9月20日,一批知名红学家齐聚北京的"来今雨轩"饭庄。

"来今雨轩"起初是辛亥革命时志士聚会的茶社。店名"来今雨"典出杜甫《秋述》——"寻常车马之客,旧雨来,今雨不来",可见是旧雨新知雅集之所。曹雪芹的好友敦诚也有一首给曹雪芹的旧诗："蘅门僻巷愁今雨,废馆颓楼梦旧家。"

这一回,红学家们在一起,希望品尝一席复刻的"红楼宴",各式菜肴共计十八种:

油炸排骨、火腿炖肘子、腌胭脂鹅脯、笼蒸螃蟹、糟鹅掌、糟鹌鹑、炸鹌鹑、银耳鸽蛋、鸡髓笋、面筋豆腐、茄鲞、五香大头菜、老蚌怀珠、清蒸鲥鱼、芹芽鸠肉脍。

汤:酸笋鸡皮汤、虾丸鸡皮汤、火腿白菜汤。

甜品:建莲红枣汤。

多数菜肴都在《红楼梦》里出现过,少数和曹雪芹紧密相关。据说,在这场诗意盎然的聚会后,周汝昌急书:"名园今夕来今雨,佳馔红楼海宇传。"写曹雪芹传的端木蕻良"口角噙香",冯其庸也在现场有感作画。

"都云作者痴,谁解其中味。"在京郊宵旰忧劳,"醉余奋扫如椽笔"的曹雪芹,要是得知那么多学人愿意一解红楼滋味,会不会感到一丝慰藉?

黄叶著书：字字看来皆是血

雍正五年（1727年），时任江宁织造员外郎的曹頫因骚扰驿站、织造亏空、转移财产等罪名革职入狱。次年元宵前，曹府抄家，涉及家人、仆从共一百一十四口人。光鲜了五十八年的江宁曹家，从此没落。

十三岁的曹雪芹随家人回到北京，尚有崇文门外蒜市口老宅的十七间半房屋，仆从三对，度日尚可。为了偿还骚扰驿站案所欠银两，同时维持家用，曹家开始转卖地亩。亏空一日重似一日，到后来，典房卖地，抵押财产，人丁稀落，瓦砾犹残。

自小被捧着的曹雪芹，套用《红楼梦》里的说法就是"虽不敢说历尽甘苦，然世道人情，略略的领悟了好些"。幸而，在内务府和右翼宗学任职的曹雪芹，结识了一群宗室公子。

马上得天下的满族人，最爱解食刀割肉。简单粗犷的制作方式，更适合他们的性情与环境，最典型的烹调方式莫过于烧烤。入关后,烧烤之道也一路带入北京。

《红楼梦》记录了大观园里烧烤鹿肉的情景:

湘云一面吃,一面说道:"我吃这个方爱吃酒,吃了酒才有诗。若不是这鹿肉,今儿断不能作诗。"

但汉文化的感染力强大,满族人篝火烤肉的习惯,逐渐转向了果木烤炉,野味也被更易获取的家畜取代。烤鹿肉成了"烤炉肉",做法更加精细考究。

烤炉肉

乾隆年间的《帝京岁时纪胜》里，烤炉肉已经和烤鸭并称，足见当时炉肉已深受清朝贵族青睐。

清贵胄出身的美食家唐鲁孙，也有不少关于烤炉肉的记述。他笔下的炉肉是驴肉制作，油炖炖、香喷喷、热腾腾，引得人闻香下马，知味停车。锅前摆满了瓶瓶罐罐，酸咸麻辣五味俱全，任客自取，锅边四围煨着发面火烧，让肉汤随时浸润着。肉要偏肥偏瘦，汤要油大油小，只要关照掌勺的一声，无不照主顾的嗜好盛好送到面前。曾任清史馆馆长的遗老柯劭忞也说，驴肉老汤加大白菜、豆腐、粉条煨成大锅菜，比什么上食珍味都更落胃。

踏入而立之年的曹雪芹，还过着围坐吃炉肉、睥睨谈古今的日子。敦诚怀念那段时光，化用了李商隐《夜雨寄北》写道："当时虎门数晨夕，西窗剪烛风雨昏。"然而，这样的岁月也不长久，曹家的境遇继续恶化，曹雪芹著书的志向也愈加迫切。敦诚鼓励他："劝君莫弹食客铗，劝君莫叩富儿门。残杯冷炙有德色，不如著书黄叶村。"罪臣之后，前途渺茫，不如专心著书，传之后世。

主观的奋发和客观的困窘，使得曹雪芹下定决心。三十三岁时，他移居北京西郊。那里"蓬牖茅椽，绳床瓦灶"，窗户破漏，屋檐潦草，睡绳床，用瓦灶，连肉都吃不上了，只好全家一起喝粥。

关于曹雪芹西郊隐居的真实状况，后人存有争议。说食粥赊酒的大有人在，但也有人坚持，文人张口阮囊羞涩，闭口贫无立锥，就是发发牢骚而已。真到了食不果腹的境地，哪里还有心写八十回的锦绣文章。所谓"文穷而后工"，穷只是未必大富大贵的一种修辞而已。

我们无从拜谒曹公，关于那些年的生活场景，也就不妄加揣测了。有一点是确凿的，文人关于现实的表达或许未必秉笔直书，作品里却藏不住。草蛇灰线，伏脉千里，一切有迹可循。曹雪芹存世的文字不多，幸亏他有一部《红楼梦》。

在人生的最后十年中，曹雪芹在黄叶村的斗室深居简出，脑中和笔端却是浩荡的繁华和无尽的苍凉。

这让我想起身受腐刑、忍辱偷生的太史公——司马迁。对伟大的文人来说，死亡并不是最困难的，难的是在苟活中立言。

"究天人之际，通古今之变，成一家之言"的《史记》，在今天看来不仅是史书中的翘楚，对司马迁来说，更是时人以一己之力所能记录的人类的全部历史。

为了这番宏业，他在给好友任安的信里拿无数先贤为自己打气："文王拘而演《周易》，仲尼厄而作《春秋》。屈原放逐，乃赋《离骚》，左丘失明，厥有《国语》。孙子膑脚，《兵法》修列，不韦迁蜀，世传《吕览》。韩非囚秦，《说难》《孤愤》，《诗》三百篇，大底圣贤发愤之所为作也。"

比起前辈，曹雪芹有什么倚仗呢？不过是往昔的烟云，缱绻的旧梦，那些在记忆的土壤中深种的人与物。他在《红楼梦》里巨细靡遗地钩沉美食，他在拼凑荣华的碎片，也在躲避现实的挤压，但本质上，他是在书写颠扑不破的永恒真理，在抒发亘古不变的嗟叹悲悯。

宝玉挨打，王夫人拿来贡品木樨清露和玫瑰清露。中秋观戏，贾母给戏班子赏赐内造瓜仁油松瓤月饼。元妃省亲时，赐下糖蒸酥酪。宝玉生日时，订制"怡红祝寿"。一碗"小荷叶小莲蓬汤"还需四副银质模子。曹雪芹身居窘迫，却写尽繁华的衰败。

他粗粥淡饭聊以充饥，每日的所思所写却是娇贵的碧粳粥、枣熬粳米粥、红稻米粥、燕窝粥、鸭子肉粥、绿畦香稻粳米饭和白粳米饭。

我们总是第一时间为珍馐美馔的光芒所吸引，不自觉地沉溺其中，却要在回过神时才能明白，曹雪芹写这些的本意，并不是贪恋奢华，而是劝诫世人：大都好物不坚牢，彩云易散琉璃脆。

生于繁华，终于沦落，曾拥有鲜花之锦盛，亦看淡枯木之委顿。一部《红楼梦》，如果只读到声色犬马、急管繁弦，醉心如花美眷、锦衣玉食，固然不值得责怪，但离曹雪芹的切肤之痛和用情之深，实在相去太远。

"饮食男女，人之大欲存焉。"享乐没有过错。但享乐之后，假如没有更深层的意义，一切就会难以遏制地滑向虚无与空洞。《红楼梦》写的就是虚无与空洞，曹雪芹的"字字看来皆是血"，让落笔成文的虚无与空洞，成为支撑我们普通人存在的意义。

乾隆二十四年（1759年），四十五岁的曹雪芹重游江宁故里。南下的原因说法不一，可能是看望离散的族人，也可能是为任两江总督尹继善的幕僚而处理一些事务。第二年初秋，敦敏想起他，写道："故交一别经年阔，往事重提如梦惊。"思念音讯渐悄的挚友，竟然有了不安之感。两年后，回京续写红楼的曹雪芹，因幼子夭亡悲伤过度，于热闹的除夕病逝。

提笔写《红楼梦》时，曹雪芹自言："一事无成，半生潦倒。"奋笔十载，他的潦倒只怕更甚。但最懂他的脂砚斋说：

浮生着甚苦奔忙，盛席华筵终散场。
悲喜千般同幻渺，古今一梦尽荒唐。
谩言红袖啼痕重，更有情痴抱恨长。
字字看来皆是血，十年辛苦不寻常。

悲喜千般同幻渺，古今一梦尽荒唐。《红楼梦》是曹雪芹对自己的交代，也是给每个读者的情书。满纸荒唐言，只等会心人。

袁枚

◎ 别有酸咸世不知

然一肴既上,理宜凭客举箸,精肥整碎,各有所好,听从客便,方是道理,何必强勉让之?

如果给千古文人造一座陈列画像的凌烟阁，要找出袁枚不会太难。

袁枚是书痴，幼年"家贫难致"，到藏书甚富的张家去借，遭到拒绝，竟然"归而形诸梦"。在诗里，他也写："我年十二三，爱书如爱命，每过书肆中，两脚先立定。苦无买书钱，梦中犹买归。"后来为官卖文，有了收入，他广收善本，修筑藏书楼"小仓山房"和"所好轩"，一圆旧梦。

藏书算文人共通的爱好，但细节里能见到袁枚的特异。他刻了几方藏书印，有的用表字，如"子才一阅"；有的用地名，如"随园珍藏图书""小仓山房藏书之印"。其中一方以出生地钱塘(今杭州)为由，上书唐代韩翃的诗句"钱塘苏小是乡亲"。苏小小是南朝歌伎，按说是难登大雅的身份。但袁枚没有这份成见。坚持"伪名儒不如真名妓"的他,对"钱塘苏小是乡亲"的印章颇为得意。传说一位尚书途径随园,求赠诗集,袁枚加盖此印。尚书以为他意在羞辱,大为恼火。袁枚语出惊人:"今日你官至一品,苏小是卑贱之人,百年之后,恐怕世人只知苏小,不知有尚书大人你了。"

这应当是一段附会的野史,却足见袁枚的才子心性。他有文人促狭的一面。堪比中国古代"食经"的《随园食单》里,毒舌议论俯拾皆是。

说到厨师外加猪油,食客以油多为美的习惯,他讥刺说"前生是饿鬼投来"。去参加太守的筵席,见到"大碗如缸,白煮燕窝四两"的大手笔,寡淡无味,众人却竞相夸赞,他不循世故地"人间清醒":"我辈来吃燕窝,非来贩燕窝也。"有俗厨以鸡鸭猪鹅乱炖一锅,他说"吾恐鸡、猪、鹅、鸭有灵,必到枉死城中告状矣"。当时金陵饮馔有海参配甲鱼、鱼翅佐蟹粉的吃法,他"见辄攒眉",好恶皆形于色,一点面子不给。

向历史深处看去,袁枚有过失落和颓唐的时刻,但更多是一个独抒性灵、不拘格套的"真人"。他要对滚滚红尘翻出青眼和白眼，会在万人如海中露出暗爽与坏笑，他不拔高自己的天赋，也不避讳自己的癖好。

人生的前三十多年，袁枚科场奔波，仕途辗转，怀抱"此去好修《循吏传》"的宏图大志。可宦海失意，他又以自嘲来自解："自笑匡时好才调，被天强派作诗人。"本是匡扶济世的才能，却被上天强派做了诗人，命运捉弄，唯有一笑了之。

可到了生命的后半程，强派的诗人躲进随园成一统，意外成就了一段士林佳话，一个文坛胜景。江南文人常聚于此，品评吟咏，甚至修起一道长廊，张贴往来唱和的万余首诗。袁枚对此豪气干云："十丈长廊万道诗，谁家斗富敢如斯？"也是在随园，他欢歌宴饮，骋笔创作，写诗论、写随笔、写美食、写怪力乱神的故事与传说，把"有目必好色，有口必好味"挥洒得淋漓尽致。

袁枚不是皓首穷经的宿儒，不是政论通达的高官，那些拘泥、执着乃至迂腐的东西，他通通撇开。

在夫子自道里，他写道："袁子好味，好色，好葺屋，好游，好友，好花竹泉石，好珪璋彝尊、名人字画，又好书。"一个贪图美味、美人，喜欢豪宅旅游，沉迷花鸟虫鱼，把弄文玩字画的人，不那么严肃正经，更显得生动可亲。

《随园食单》就是在这样的背景下产生的。没有远离官场是非、醉心人生逸乐的袁枚，就不会有这本遍集人间至味三百余种，系统思考中华美食的经典之作。

当然，历史进程也帮了大忙。地理大发现促进了东西食物的交流，市民社会的兴起使得"吃"在日常生活中的占比更高。明清之际的饮食，已经在色、香、味、形、器等领域达到了空前的高度。

《中庸》里写："人莫不饮食也，鲜能知味也。"在明清，知味越发成为可能。有别于唐宋零敲碎打、以诗记食的传统，明清文人开始主动收集、整理饮食相关的材料，以期形成完备周详的总结。

在"人无癖不可与交"成为文人信条的时代，才子的饮食书写具备了前所未有的价值。用袁枚的话说："平生品味似评诗，别有酸咸世不知。"当"食"与"诗"巨细靡遗地连接在一起，不只人之大欲存焉，新世界的大门也打开了。

"真"人袁枚：解好长卿色，亦营陶朱财

袁枚一生，贵在"真"字。他出生在钱塘一个仕宦家庭，先人在晚明担任过侍御史和布政使，但到祖父袁锜这一代，官运日衰。父亲袁滨、叔父袁鸿，在湖北、广西、广东、云南、福建等地，四海贫游历，依人作幕府。

到袁枚出生的1716年，差不多是康熙朝的尾声，袁家连家道中落都不止，已经可以用困窘来形容。因为父亲外出游幕，上到祖母、姑母，下到袁枚兄妹，一家生活都扛在母亲章氏肩上。父亲山水相隔，薪俸时常晚到，母亲需要典卖首饰衣物，在叹息声中换取糊口的粮食。袁枚因此有了"惭愧少年贫里过"的唏嘘。

孀居娘家的姑母也对袁枚影响至深。除了帮忙料理家务，她还是袁枚的启蒙老师。譬如"二十四孝"中有郭巨埋儿奉母一事，在姑母眼里实在称不得孝道，"无端枉杀娇儿命，有食

徒伤老母情"。这种游离于封建道统之外的想法,深深刻在幼时袁枚的心里。他十四岁写《郭巨论》,就是对姑母观点的深层阐发。

或许,姑母早早点起了一盏灯火,照亮了袁枚通向自由之路。只是当时的他,还没有充分的自觉。

钟鸣鼎食之家丰裕且恣意,清贫苦寒的氛围同样磨炼人。箪食瓢饮的日子,让袁枚愈加勤勉。受限于物质条件,他读书大都靠借,养成了"必加摘录,分门别类,以补健忘"的好习惯。早慧的天资也显现出来,"九岁读《离骚》,嗜古有余慕。学为四子文,聪明逐陈腐。犹复篝残火,偷习词与赋"。对流于形式的八股文章,袁枚好感不多,但对那些残灯暗烛里偷习的诗词歌赋,却久久难以忘怀。

十二岁那年,袁枚考上秀才,一同录取的还有给自己上课的塾师史玉瓒。"门前已送好音来,阶下还骑竹马戏……并行敢逐先生后,倚宠仍眠大母怀。"年迈的袁枚回想起童稚时"先生成同窗"的趣事,烂漫中不乏欣喜。

少有才名,又肯苦读,袁枚从"袁子才"到"才子袁",

一路绿灯。十二岁以秀才入县学,十五岁受浙江督学李清植赏识,十八岁由浙江总督程元章举荐入杭州凤凰山敷文书院。这座书院乃江南文脉鼎盛之地,用今天的话说就是全国重点。乾隆每次南巡,都在此考较江南士子。二十岁那年,袁枚获得了参加乡试的资格,年纪轻轻,当官在望。

可袁枚的内心世界,比求学之路崎岖得多。他生性不羁,作诗为文颇对胃口,对形式固定、内容空疏的八股文,"心终不以为然"。只是为了考试,无奈应付数笔,靠禀赋取胜。到了举人这一关,文士频出,竞争日盛,不擅写八股文的短板就暴露出来。加之他睥睨世间、恃才傲物的性格,屡遭同乡文人嫉妒、排挤。

烦忧与苦闷在生命中滋长。他决定换个环境,去探望在广西做幕宾的叔父袁鸿。多亏好友柴耕南倾囊资助,旅费才得以筹齐。

一个暮光春日,袁枚踏上了人生第一次远行,从钱塘到广西。沿途纪游怀古,是为《小仓山房诗集》的发端。转机也在抵达桂林之后悄然降临。经叔父引荐,袁枚拜谒了广西巡抚金鋡。面对金鋡的考察，袁枚应答得体，文思敏捷。适逢乾隆登基，当年设博学鸿词科考试。金鋡亲笔奏疏，予以举荐："廪生袁枚裁二十一岁，奇才应运，卓识冠时，臣所特荐，止此一人。"

在博学鸿词科，袁枚拿到的试题是七言排律，用韵十二个。排律的成绩取决于皇帝与少数文官的好恶，有诸多偶然性，最终并未录取。但因为是年纪最小的应试者，又有封疆大吏语多溢美的保荐，这位青年才子可谓名满天下。

入京应试打开了袁枚的眼界，他结交了诸多文人士子，周旋于达官显贵之间，以教书撰文谋求生计。为了考中举人，他"不得不降心俯首"，对诗文"忍心割爱"，专注于八股文的练习，"于无情处求情，于无味处索味"。

到底是天纵之才，如是两年，袁枚就中举了。他甚至有些恍惚，"信当喜极翻愁误，物到难求得尚疑。一日姓名京兆举，十年涕泪桂花知"。当幸福来敲门，竟然有不可置信之感。

而袁枚的可爱之处在于，他很快就觉得一切理所应当了。第二年春天，他趁热打铁考中进士。当他踏上保和殿，准备面对皇帝的遴选，口气也不再是中举时的将信将疑："霓裳三百都输我,此处曾来第二回。"博学鸿词科落榜早成往日云烟,此番我必来蟾宫折桂。

　　殿试的成绩确实不错。考官称赞袁枚的答卷"心似玲珑,笔如牛弩"。放榜时他位列二甲第五名的高位,选中翰林院庶吉士。踌躇满志的他写道:"杏花一色春如海,他日凌霄那几支?"二十四岁,进士傍身,眺望人生,唯知春色如海,揽镜自照,当思独秀一枝。袁枚有轻狂的理由。

　　翰林院一待三年,袁枚迎来了决定官场出路的散馆考试。考试要汉文,也要满文。因为"未娴清书",袁枚位列下等,无法留在京师,需要外放做官。这对仕途伊始的袁枚是沉重的打击。身负凌云万丈才,却一再倒在繁文缛节和典章制度上,袁枚和仕途的关系仿佛就是如此。初入翰林院,年轻的他满怀憧憬,"弱水蓬山路几重,今朝身到蕊珠宫"。外放之际,只剩下"三年春梦玉堂空,珂马萧萧落叶中"。"他日凌霄那几支"的豪迈言犹在耳,转眼只能在气馁中发发牢骚:"生本粗才甘外吏。"

　　甘还是不甘,袁枚自知。但他终归在二十七岁那年外放了。

流水落花春去也,沉浮跌宕,天上人间。

袁枚的"真",又在此时浮现。春风得意时,恨不得一日看尽长安花。官场遇阻时,等不及倾吐胸中不平事。真到了知县任上,官阶低微,生计艰难,他却一秒进入"父母官"的角色。

袁枚的七年知县生涯都在江苏境内。在溧水知县任上,他敏而能断,带来了清明的风气。时在广西的父亲袁滨唯恐儿子年少才薄,隐姓埋名、布衣草冠而来,遍访溧水百姓,询问袁知县的政绩。听到交口称赞后,才算一块石头落地。

由溧水改任江浦时,溧水百姓以绣有全城百姓姓名的"万民衣"相赠。袁枚以诗歌记录了那段时间并不长的溧水往事:"任延才学种甘棠,不料民情如许长。一路壶浆擎父老,万家儿女绣衣裳。早知花县此间乐,何必玉堂天上望。更喜双亲同出境,白头含笑说儿强。"这就是袁枚,有着文人的"通病",分明想做大官,却也为民情的绵长而感动,摆一摆"何必玉堂天上望"的高姿态。可正因为他的不粉饰,又显出真挚与亲切。

在沭阳(今属江苏宿迁),袁枚创作了《沭阳杂兴》《苦灾行》《征漕叹》《捕蝗曲》等诗篇,单从名目就能洞察他对民生疾苦的关注。沭阳今日依然有"袁公藤",相传是袁枚手植,后人精心培护以示缅怀。故事或有添油加醋,但袁公在沭阳百姓心中的位置大略可见。

江宁县任职期间,袁枚会星夜赶路去断案。公务结束已是夜色阑珊,有时只好借宿庙宇与村落。在海会寺,他题了一首诗:"我时受卑湿,两足颇患疮。笑为民父母,痛痒真亲尝。出城九十里,一宿无所将。晚投海会寺,败草铺绳床。青苔古殿冷,梅灰脱疏梁。我与三尊佛,彼此同灯光。"通篇凄清破落的基调,但能感觉到,在为民父母官的路上,袁枚的心底是暖的。"笑问功曹诸事毕,手笼诗草下西厅。"谁说袁知县只有苦闷,没有潇洒?

可惜,官场是一个系统,个体的潇洒总是有限的,甚至会成为妨碍庞大机器运转的沙砾。清朝为官,有太多细碎的要求。譬如下级见上级,需要提前跑过去,做出小跪的姿势,且不能发出声响。譬如参拜名帖上写官衔的字迹要小,否则就是大不敬。对此,袁枚是不适应的,"书衔笔惯字难小,学跪膝忙时有声"。这是以小见大的不忿,可他还得像年轻时强忍八股文一样,默默接受。

或许就在这样的日积月累之中,退意渐渐萌生。

公元1748年,乾隆十三年,袁枚在朝中的伯乐尹继善举荐他任高邮知州,以期官升一级,结果未获批准。七年知县,犹未到头,袁枚的仕宦之梦碎了。当年秋天,他以三百两银子的价格买下金陵城郊小仓山北麓一处的废弃庄园,进行修葺改建。这座园子原先是雍正朝江宁织造隋赫德所有,故称"隋织造园",袁枚改为"随园"。在隋赫德之前,园林归属康熙朝江宁织造曹寅,也就是大名鼎鼎的曹雪芹的祖父。两大文豪有这样的交集,世事奇妙,一至于此。

袁枚接手的随园,早已不复当年的亭台楼阁,移步换景。因为年久失修,园内杂草荒芜,树木委顿,遍是萧瑟破败之相。这也为袁枚提供了从零开始的条件。他既冠名随园,便贯彻一个"随"字:

随其高,为置江楼。随其下,为置溪亭。随其夹涧,为之桥。随其湍流,为之舟……或扶而起之,或挤而止之,皆随其丰杀繁瘠,就势取景。

关于人生，袁枚也开始"就势取景"。经历过鲜衣怒马、金榜题名，也饱尝过官场似海、四处飘零，他做了个决定：三十四岁时，以养病为由辞官，退居随园。

而立之年归隐，对信奉"学而优则仕"的传统文人而言，实在有点早了。袁枚也有过黯然和反复，"何图大鹏翼，化作小山草"。

可慢慢地，"小山草"的好处开始露头。随园是袁枚的托身之所，也成了他的精神家园。历经几年修葺，此地"颇饶亭榭，水木清华，仿西湖为堤井，为里外湖，为花港，为六桥，为南北峰……梅百枝，竹万竿，桂十余丛，小仓山色在户牖间"。

出身钱塘的袁枚深爱西湖景致，据此为模板，加以巧思，随园自然成为文人墨客和达官显贵心仪的去处。

袁枚体味到提前退休的好，"三十休官人道早，五更出梦吾嫌迟"，"余常谓收帆须在顺风时，急流勇退，是古今佳话"。里边有多少真情流露，又有多少自我安慰，恐怕只有他本人清楚。但终究，"此中便了幽人局，门外浮云万事虚"，袁枚后半生寄情诗文唱和，耽溺美味笙歌的人生开始了。

乾隆二十年（1755年），袁枚举家迁入随园。妻妾子女用人奴仆人头众多，加之随园有待进一步修缮，日常开支所费不小。贯彻"真"字的袁枚不务虚名，做起了身姿柔软的卖文营生，为名流撰写碑铭传记，诸如神道碑、墓志铭、行状行略等。这些逢迎之作难免恭维之词，但他文名在外，收入确实可观。孙子袁祖志记述：袁枚"五十年中，卖文为活，竟有一篇墓志赠银万金者，以故可以扩充园圃结构"。对这类事务，袁枚从不故作清高，也不涂脂抹粉。

名士修名园，随园点滴积累，成为江南文人日常聚会的场所。袁枚也不吝财帛，得到佳作，就汇编刊印，自称"好诗如好色，得人佳句，心不能忘"。不久之后，"四方士至江南，必造随园投诗文，几无虚日"。随园里截杜荀鹤诗的对联就是明证："放鹤去寻三岛客，任人来看四时花。"

当然，袁枚自己也写。从三十四岁辞官到八十二岁故世，除了最初三年短暂出仕，大多数时间，他都隐于随园。在这里，他信笔由缰，兴之所至，诗文迭出，还写诗话、写食单、写"鬼故事"。

一个人在自己的天地待久了，容易卸下防备和伪装，袁枚又主张"诗写性情"，"圣人不自讳其私"。因此他口中的自己，满是风流才子的肆意与任性：

不嗜音，不举觞，不览佛书，不求仙方，不知青乌经几卷，不知樗蒲齿几行。此外风花水竹无不好，搜罗鸡碑雀篆盈东厢。牵鄂君衣，聘邯郸倡，长剑陆离，古玉丁当。藏书三万卷，卷卷加丹黄。栽花一千枝，枝枝有色香。

不爱音律，不贪美酒，不信佛道，不好赌博……除此之外，剑玉藏书、园林农艺，"风花水竹无不好"。

这哪是信守道统、言必孔孟的读书人会说的话？可袁枚偏要说。因为他笃信，再正襟危坐的圣人，内心也有活色生香的部分，"好货好色，人之欲也……使众人无情欲，则人类久绝，而天下不必治。使圣人无情欲，则漠不相关，而亦不肯治天下"。

情欲，是人类的本能。既然远离了官场的枷锁，不计较世俗的眼光，再不坦然做自己，又有何求？

所以他咏钱:"人生薪水寻常事,动辄烦君我亦愁。解用何尝非俊物,不谈未必定清流。"

所以他谈色:"惜玉怜香而心不动者,圣也。惜玉怜香而心动者,人也。不知玉,不知香者,禽兽也。"

"解好长卿色,亦营陶朱财。"或许,只有抱定这样的自我认知,又不惮于向外袒露的人,才能写出《随园食单》这样的书。

《随园食单》：各有心情在，随渠爱暖凉

《随园食单》是什么书？如果从百科的角度来索解，这是一部博采众长、文笔隽永、记录翔实的中华饮食文化经典。但这些都是成书后旁人的论断。

从袁枚的立场出发，他之所以动笔，是要凭一己之力，穷四十年之功，将烹调从技艺和兴趣上升到艺术与学问。此前，中国已有大量饮食文化相关的著述，但像《随园食单》这样集实操经验与理论思考于一身，选材、加工、烹饪、摆盘均有涉猎，尚属罕见。

"食单"作"须知单"和"戒单"，归总了袁枚饮食之道的基本原则。三百余种佳肴美馔，有南有北，有江有海，有荤有素，有主菜、点心、茶酒，基本都罗列了原料、制法、产地和注意事项。

"学问之道，先知而后行，饮食亦然。"袁枚穷极自己印

象深刻的元末至清代美食,融汇"品味似评诗"的文人旨趣,试图创造一部食物的"史记"。假如过往那些口舌生津、妙笔生花的文豪,书写的更多是自身的官能经验与食物记忆,那么袁枚可以说不仅是这样能吃善煮的美食家,还是一位奠定饮食体系的评论家。这也是为何,老饕千千万万,单单他有"食圣"的美誉。

天时地利也站在袁枚这边。袁枚生活在清朝中前期。彼时,全球的食品已经较唐宋时有了更频繁的交流。原产北欧的胡萝卜在元朝由波斯进入中国。16世纪后,美洲的辣椒逐步登上中国人的餐桌。西红柿要到19世纪中叶才当作蔬菜来栽种。蒸馏酒也是元代时的西方舶来品。这个名单还可以延展很长。引进的食材极大丰富了国人对味型与菜式的选择。《随园食单》对此未必都有提及,但袁枚无疑站在一片更精细驳杂的美食版图上,比前辈具有更多的知识积淀。

明清的另一个显著变化是饮食行业的扩容。"食不厌精,脍不厌细"固然是圣贤的追求,但长期都属于皇宫内院与贵胄府邸的特权。民间饮食不说粗粝,至少简朴单一。到了元代以后,作物普及有成,南北融通密切,"民以食为天"的古训照进了现实。家厨私宴林立，食坊酒肆成风，色、香、味、形、器中任意一项，都有完整的产业链条。袁枚在《随园食单》里开宗明义："每食于某氏而饱，必命家厨往彼灶觚，执弟子之礼。四十年来，颇集众美。"即便只是命厨师代劳，不是亲自求学，但从"食单"菜谱的来源，不难想象当日的饮馔风气之盛。

哪怕菜谱主要限于江浙菜的范围内，饮食观也力主"本味"，然而乘上时代东风、站在巨人肩膀的袁枚，到底洋洋洒洒，写出了至今依然具有指导意义的《随园食单》。细细读来，甚至会感到讶异，一位生活在近三百年前的古人，对食物的思考，竟已具备如此深度与广度。

"须知单"是袁枚饮食思想的总纲。今日的高端餐饮对食材二字反复强调，个中道理，袁枚在"先天须知"里早已说透："凡物各有先天，如人各有资禀。"每一件食材都按照"先天"特性来拣选：猪宜皮薄，鸡宜骟嫩，鲫鱼以扁身白肚为佳，鳗鱼以湖溪游泳为贵。同样的火腿和鱼翅，也可以天差地别。因此，"大抵一席佳肴，司厨之功居其六，买办之功居其四"。没有一个深谙食材的采买，大厨也难为无米之炊。

刀鱼

    袁枚对酱料有执念。酱油要用三伏天发酵的,油要区分生熟的香油,酒要用发酵酒,还得滤去酒糟,醋多选米醋,务求清冽不浑。他不喜欢镇江醋,更偏爱板浦县的醋。这也是乾隆皇帝喜好的那一口。今天连云港板浦镇还有"皇帝老儿尝滴醋,袁大才子写名著"的说法。口味因人而异,没有高下之分,但能将口味和理由说清楚,是美食家的本分。

    厨师的工作包括洗、刷、切、配,其中也有须知。燕窝去毛,海参去泥,鱼翅去沙,鹿筋去臊,猪肉要剔除筋瓣才酥,鸭子要削去肾脏才净,鱼胆苦、鳗涎腥,都是必须处理的。"韭删叶而白存,菜弃边而心出",这全是吃出来的智慧。

挂卤鸭

有些菜要独享,有些菜要调和。袁枚做了简略划分:蘑菇、鲜笋、冬瓜,是可荤可素的;葱、韭、茴香、新蒜,是可荤不可素的;芹菜、百合、刀豆,则是可素不可荤的。这当然是袁枚的想法,有可商榷之处,但这个角度确头颇有启发。相应地,袁枚认为,鳗、鳖、蟹、鲥鱼、牛羊,"味甚厚,力量甚大",

都适合单独吃,切忌和其他食材混搭。

中国菜的火候有大讲究,武火用于煎炒,火弱则物疲;文火用于煨煮,火猛则物枯。有的食材越煮越嫩,有的食材一煮即老,"司厨者,能知火候而谨伺之,则几于道矣"。

袁枚对烹饪之后的步骤也有说法,比如盛盘,煎炒宜盘,汤羹宜碗,煎炒宜铁锅,煨煮宜砂锅。上菜的顺序,盐者宜先,淡者宜后,浓者宜先,薄者宜后,无汤者宜先,有汤者宜后。天下有酸、甘、苦、辛、咸五味,如果判断食客吃饱了,可以用辛辣略加刺激。要是酒喝多了,不妨以酸甜提振精神。运用之妙,存乎厨师一心。

案头洁净也是重要的。切葱的刀不能切笋,捣椒的臼,不能捣粉。菜不能沾染抹布气、砧板气,磨刀、换布、刮板、洗手,都应该是厨师"治菜"的高频动作。

同样的食材,部位不同,菜就不同,这是"选用须知"。猪肉入菜,小炒肉用后臀,做肉圆用前夹心,煨肉用五花。炒鱼片要用青鱼鱖鱼,做鱼松就得是草鱼鲤鱼。蒸鸡用童子鸡,煨鸡用骟鸡,鸡汤则用老母鸡。鸡用雌才嫩,鸭用雄才肥,莼菜用头,韭菜用根。这些都是千锤百炼之后的金科玉律。

有"须知单"做行为守则,自然也要有"戒单"当注意事项。袁枚在"戒单"里对饮食流弊大加挞伐。他反对名过其实的"耳餐",一味追求名气大、价格贵,却不懂料理之道,那是耳朵在吃,不是嘴巴在尝。"豆腐得味,远胜燕窝。海菜不佳,不如蔬笋。"这是他一贯的观点。

八宝豆腐

与"耳餐"对应的是"目食",也就是贪多。明明不得要领,却以数量取胜,也是不懂美食的表现。袁枚去一位商人家赴宴,换席三次,点心十六道,各种菜品共四十余种。主人欣然自得,他散场回家还要煮粥充饥。南朝的孔琳之说:"今人好用多品,适口之外,皆为悦目之资。"袁枚对"悦目"之菜毫不感冒。

袁枚到访粤东时,在朋友杨国霖家吃到一碗鲜美无比的鳝羹,刨根问底,得到的回答是:"不过现杀现烹,现熟现吃,不停顿而已。"趁热趁新鲜,有序不停顿,道理简单,行之不易。

对于暴殄,袁枚有明确的戒条。在他看来,暴是不恤人工,殄是不惜物力。他见过烹甲鱼只用裙边,蒸鲥鱼专取肚腹,但很多食材的奇妙刚好在于,"自首至尾,俱有味存,不必少取多弃也"。至于用炭火活烤鹅掌,以刀具生取鸡肝,这种残忍的处理方式也是"君子所不为"。袁枚说得很明白,"物为人用,使之死可也,使之求死不得不可也"。

和贪杯的前辈们有别,袁枚是戒纵酒的。他总说知味要在清醒时。那些呼来喝去猜拳灌酒的粗人,"啖佳菜如啖木屑",实在枉费美食。有人因为袁枚反对纵酒,认定他滴酒不沾,这是天大的误解。袁枚自己说过:"余性不近酒,故律酒过严,转能深知酒味。"正因为喝酒有度,他对"七碗生风"的醉里乾坤,"一杯忘世"的壶中岁月,反而更得真味。《随园食单》

提到十个地方的酒种,自嘲"随园先生枉生口,能食能言不能酒"的袁枚如数家珍。"有酒我不饮,无酒我不欢",这才是美食家对酒的"傲娇"姿态。

袁枚对餐桌礼仪也很重视。与其布菜强让,不如听从客便,这是很多人迄今做不到的事。提到劝客强让,"毒舌"袁枚再度上线,"近日倡家,尤多此种恶习,以箸取菜,硬入人口,有类强奸,殊为可恶"。至于官场盛行的"十六碟""八簋""四点心""满汉席""八小吃""十大菜",袁枚认定这都是俗套,适用于新亲上门的人情债、上司驾临的商务局。真正的家居雅宴,哪会为这些名目所累?

当然,袁枚的美食观不会放之四海而皆准。他立场坚定地反对火锅。对这冬日良品,他只觉得喧腾。而且"各菜之味,有一定火候,宜文宜武,宜撤宜添,瞬息难差"。现在一概用火锅去煮,"物经多滚,总能变味"。有人问他,火锅胜在热乎,炒菜冷了怎么办?袁大才子又来劲了:"以起锅滚热之菜,不使客登时食尽,而尚能留之以全十冷,则其味之恶劣可知矣。"

袁枚不是圣人,《随园食单》不是标准答案。所谓"食无定味,适口者珍",探寻美味,本是百花齐放的道路。袁枚的妙处在于,他是真的在吃,也是真的在走,他至死都是一个"真"人。

《随园食单》开具了袁枚尝过的三百多种菜肴,有海里的鲍参翅肚,有江里的刀鱼鲥鱼。猪的一身都是宝,从肉到筋,从头到脚,连带着诸多下水部位。红煨如何,油灼怎样,都安排得明明白白。杂牲单里,除了牛羊肉,还有鹿肉、獐肉、果子狸。

风吹肉

羽族单里，鸡鸭鹅麻雀应有尽有。水族分有鳞单和无鳞单。素菜里，豆制品与蔬菜相映成趣，点心、饭粥、茶酒，无一道无来历。

有些菜是袁枚在旅途中、在朋友家吃到的独得之秘，譬如尹文端公家风肉、蒋鸡、陶方伯十景点心、杨中丞西洋饼、运司糕等等，除了风味，更有故事。

《随园食单》与其说是一段段珍奇的条目，不如说是一片片美食的回忆。每一款食材，每一种做法，都是袁枚尝过的滋味，问过的秘方，走过的旅程。吃和游往往同时发生，于古亦然。

在古稀之年，袁枚步履不停，走向随园之外，投奔锦绣河山。他游天台山、雁荡山，登黄山、衡山，有时正月初发，腊月始归。远至两广，近及吴越，很多地方见证了他"八十精神胜少年，登山足健踏云烟"。

热爱生活的人，似乎总老得慢一点。《随园食单》是袁枚爱过的证据。

时也命也，袁枚在人生半途远离了官场，告别了经天纬地的大梦，清朝少了一位袁大人，人间多了一位袁才子。哪个人在汗青史册上留存得更久一点，真的很难说。就像袁枚自己写的:"各有心情在,随渠爱暖凉。"纵然世事不会处处由人,我们仍然可以以喜欢的方式度过一生。

七十七岁那年,须发皆白的袁枚拄着拐杖登上天台山。那是二月时节,春寒料峭。美景当前,他大笔一挥:

一息尚存我,千山不让人。重携灵寿杖,直渡大江春。
柳絮飞如雪,桃花吹满身。亲朋齐莞尔,此老越精神。

鲁迅

◎ 匕首和投枪,筷子和调羹

1913年5月10日,晴,晚往徐景文处治齿,归途过临记买饼饵1元。

鲁迅，一个在中国尽人皆知的名字。在他的名字前面，可以挂上一长串头衔：文学家、思想家、革命家、教育家、艺术家、民主斗士，新文化运动的重要参与者，中国现代文学的奠基人之一。

鲁迅在光绪年间出生于绍兴，少年时期因家道中落出入当铺和药店，受尽冷眼。20 世纪初，鲁迅公费留日，看到"日俄战争教育片"里麻木的中国人，深受刺激，弃医从文。曾任《新青年》编委，其《狂人日记》宣布了中国现代体式白话短篇小说的诞生。他还是中国左翼作家联盟的领导人，也是"女师大风潮""三一八惨案"里仗义执言的师长和战士。

他炽热。"寄意寒星荃不察，我以我血荐轩辕"。他愤怒。国家罹难，山河破碎，一介文人该如何撼动铁血，"梦里依稀慈母泪,城头变幻大王旗"。他温柔。有人讥讽他溺爱儿子周海婴,他提笔回应:"无情未必真豪杰,怜子如何不丈夫。"他悲悯。借侍宴女子的经历,他联想起水深火热里的芸芸众生,"忽忆情亲焦土下,佯看罗袜掩啼痕"。

鲁迅写阿Q,写闰土,写祥林嫂,写孔乙己,后人分析时总爱用"国民性"这样的词,无非是因为他写得太精准,这才得以让一百年前的人物,今天依然活在我们的身边。他写《野草》,写《朝花夕拾》,写孤独与希望,写乡土与童真,千百年来不变的主题,在他笔下旧貌换了新颜。

还有那些杂文。鲁迅是当仁不让、得理不饶的性子,敌人在他口中是"叭儿狗""西崽""洋场恶少"。他"每不肯相信表面上的事情",常有疑心,向来"不惮以最坏的恶意来推测中国人",可这些"匕首和投枪"根本上还是为了唤醒懵懂的同胞。

至于自十五岁开始就长期保持的写日记的习惯,更是展现了作品背后的鲁迅。穿过那段"风雨如磐暗故园"的岁月,沉浸到日记的字里行间,我们能清晰地看到,身穿长袍、纵情谈笑的鲁迅先生,一手举着筷子,一手拿着调羹,推杯换盏。

从饮食的角度,我们看到鲁迅的另一个侧面,使我们重建真实完整又生动的鲁迅。

鉴湖水，绍兴菜，家乡味

一生辗转的人，再怎么尝遍珍馐美馔，不经意浮漾到嘴边的总是那口记忆中的滋味。金刚怒目的鲁迅也有菩萨低眉的时刻，尤其当他想到那些故乡的美食。

《朝花夕拾小引》有一段动情的描述："我有一时，曾经屡次忆起儿时在故乡所吃的蔬果：菱角、罗汉豆、茭白、香瓜。凡这些，都是极其鲜美可口的，都曾是使我思乡的蛊惑。后来，我在久别之后尝到了，也不过如此。唯独在记忆上，还有旧来的意味留存。他们也许要哄骗我一生，使我时时反顾。"

"不过如此"，也会时时反顾，这"哄骗一生"的就是剪不断的乡愁。在以故乡为背景的散文、小说里，鲁迅屡次提到食物。

《社戏》里说："岸上的田里，乌油油的都是结实的罗汉豆"，"我们中间几个年长的仍然慢慢地摇着船，几个到后舱去生火,年幼的和我都剥豆。不久豆熟了,便任凭航船浮在水面上,都围起来用手撮着吃。吃完豆,又开船,一面洗器具,豆荚豆壳全抛在河水里,什么痕迹也没有了"。童趣率真,宛如一场了无痕迹的梦。

罗汉豆就是蚕豆,关于这道食材,更知名的菜当数茴香豆。《孔乙己》里描述说:"做工的人,傍午傍晚散了工,每每花四文铜钱,买一碗酒——这是二十多年前的事,现在每碗要涨到十文——靠柜外站着,热热地喝了休息。倘肯多花一文,便可以买一碟盐煮笋,或者茴香豆,做下酒物了。"

熟知茴字有四样写法,争辩说"读书人的事,能算偷么",沉迷于"多乎哉?不多也"的落魄文人孔乙己,并没有实现"茴香豆自由"。哪怕它的价格已经如此亲民。

在今天的绍兴,茴香豆已经是一门成功的生意,孔乙己也摇身一变,成了带货的"网红"。虽然咸亨酒店的店招仍旧白纸黑字写着"孔乙己,欠十九钱",招揽往来的旅人过客。这恐怕都是美食的恩赐。

绍兴人管下酒菜叫"咕酒胚",茴香豆是最理想的食物,吃起来不嫌麻烦,软糯中带着甜味,与黄酒最为登对,简直是天作之合。茴香豆是耐着性子焐出来的"闲食"零嘴,煤炉小火,烟雨江南,这是关乎时间的魔法。

茴香豆

钟灵毓秀的古镇水乡,对时间的感知是特别的。有人比喻说,绍兴菜有三种味道:阳光的味道,时间的味道,糟醉的味道。

鲁迅在《社戏》里描述了一个童年游戏:"我们每天的事情大概是掘蚯蚓,掘来穿在铜丝做的小钩上,伏在河沿上去钓虾。虾是水世界的呆子,决不惮用了自己的两个钳捧着钩尖送到嘴里去的,所以不半天便可以钓到一大碗。这虾照例是归我吃的。"

绍兴人吃虾，一般是盐水煮，取虾肉鲜甜的原味。新鲜的河虾扔进嘴里，牙齿一磕，虾肉就滑了出来。虾壳一吐，虾肉一吞，人生乐事似乎就在这方寸之间。

江南还有一种更绝的吃法：醉虾。鲁迅是醉虾的拥趸，他曾经描述过这道能上筵席的菜："虾越鲜活，吃的人便越高兴，越畅快。"做醉虾的虾子必须活蹦乱跳，绝无妥协的可能，清洗干净后，倒入家常的葱姜米醋和胡椒粉腐乳汁，酱油得是绍兴特产二次发酵的"母子酱油"，卤汁的灵魂则是黄酒。

等上一刻钟，醉虾就可以开吃了。夹起醉虾，两只手接力，一手按头，一手掐尾，虾腹朝向嘴里，在虾身轻轻一捏，接着瞬吸一口，肉壳就完美分离了。看一个人是不是地道的绍兴人，凭吃完的虾壳就一览无遗。

一口醉虾，务求鲜活，即便物流发达的今天，也无法快递，遑论鲁迅当时。十七岁离开绍兴后，鲁迅就无缘再品尝醉虾在舌尖的舞蹈。好在，鱼米丰饶的家乡，不会亏待任何一个游子。

醉虾

鉴湖自古产鱼，是绍兴富甲一方的基础。在鲁迅的作品和日记里，醉虾被提到七次，各种关于鱼的文字多达二百四十八处。鱼干、糟鱼、熏鱼、鱼圆，把鱼做到花样百出，是水乡人的自我修养。

鲁迅在日记里写："1929年一月十二日，晴，下午小峰送来鱼圆一碗。"在绍兴菜里，鱼圆是门槛，跨过了才能跻身大厨的殿堂。绍兴话管鱼圆汆水的动作叫"悠"，足见其细致入微、秒到巅毫。鱼圆娇贵，不能用大火，小火"养熟"，方能上盘。就连摆盘时浇淋清汤，也要小心地罩上漏勺，以防水流冲击影响鱼丸的形状。像对婴儿般悉心呵护,绍兴鱼圆怎能不讨人欢心?逢年过节,家庭宴会,鱼圆是鲁迅的心头好,后来迁居上海,每有朋友送来,鲁迅都会写进日记里。

绍兴河鲜滋润过鲁迅的脾胃,也在他的文字里永恒。《祝福》里写到福兴楼的清炖鱼翅,一元一大盘。饭店虽是虚构,清炖鱼翅却是实打实的绍兴名菜。《阿Q正传》是这样描写油煎大鱼头的:"未庄都加上半寸长的葱叶,城里却加上切细的葱丝。"这也是绍兴特色。《狂人日记》有一段写蒸鱼:

这鱼的眼睛,白而且硬,张着嘴,同那一伙想吃人的人一样。吃了几筷,滑溜溜的不知是鱼是人。

虽然毛骨悚然,但细细想来,以蒸鱼之相讽刺人吃人的社会,不是饱食之客,断不会有如此笔力和眼光。

贪吃的鲁迅也不会忘了蟹。《论雷峰塔的倒掉》有一段"食蟹经":

秋高稻熟时节，吴越间所多的是螃蟹，煮到通红之后，无论取哪一只，揭开背壳来，里面就有黄，有膏。倘是雌的，就有石榴子一般鲜红的子。先将这些吃完，即一定露出一个圆锥形的薄膜，再用小刀小心地沿着锥底切下，取出，翻转，使里面向外，只要不破，便变成一个罗汉模样的东西，有头脸，身子，是坐着的，我们那里的小孩子都称他"蟹和尚"，就是躲在里面避难的法海。

鲁迅还拿"第一次吃螃蟹的人"比作勇士。他在日记里记载了十多次吃蟹的经历，提到螃蟹的文章有二十三篇，累计四十七次。

1927年秋，鲁迅和许广平定居上海，吃蟹更为方便。有一次，鲁迅邀三弟周建人全家来寓所吃蟹，或许性凉之物吃了太多，晚间胃疼。仅仅一周后，他又开始隔三岔五地吃蟹。这样也对，毕竟，对老饕来说，蟹季匆匆，时不我待。

不光自食，大闸蟹还是馈赠佳品。许广平买来的阳澄湖大闸蟹，鲁迅晚饭时吃了四只不说，还给好友内山完造送去四只。

独乐乐不如众乐乐，文人食蟹之道，一至于此。

一方水土一方人，绍兴人节俭，在美食上也有体现。鲁迅对此有专门的讨论："我将来很想查一查，究竟绍兴遇着过多少回大饥馑，竟这样地吓怕了居民，仿佛明天便要到世界末日似的，专喜欢储藏干物品。有菜，就晒干；有鱼，也晒干；有豆，又晒干；有笋，又晒得它不像样；菱角是以富于水分，肉嫩而脆为特色的，也还要将它风干……"

风干晒干的美食里，最销魂的当数梅干菜，亦称干菜。小说《风波》里就有这样的画面："女人端出乌黑的蒸干菜和松花黄的米饭，热蓬蓬冒烟。"借赵七爷之口，鲁迅也发出一声怀乡的赞美："好香的菜干。"

梅菜扣肉

鲁迅嗜梅干菜,是于史有征的。1935年3月,母亲寄来了干菜。鲁迅在15日的日记里写道:"小包一个,亦于前日收到,当即分出一半,送与老三。其中的干菜,非常好吃,孩子们都很爱吃,因为他们是从来没有吃过这样干菜的。"对出生于上海的周海婴来说,这是头一回尝到父亲心心念念的家乡美味。

关于梅干菜,还有一则逸闻。1918年,鲁迅在《新青年》发表《狂人日记》,是为现代文学史上开天辟地的大事。为表庆祝,鲁迅约胡适到北京绍兴会馆吃饭,头一道热菜便是干菜扣肉。特别之处在于,菜里放了辣椒。胡适不解,鲁迅说,绍兴人确无对辣椒的偏爱,独他有此嗜好,常以辣椒解困。夜深人静或者岁末天寒时,摘下一支辣椒,塞进嘴里干嚼,额头冒汗,周身发软,睡意顿消,方能捧书再战。

民谚说:"三个辣椒,顶件棉袄。"鲁迅嗜辣,据说其青年时就学于江南水师学堂,成绩优异,荣获一枚金质奖章。谁料鲁迅立即转卖,所得收入买了几本书和一串红辣椒。"金龟换酒"的现代版本,竟然火辣至此。

说回干菜。对信奉"麻雀要囤三年粮"的绍兴人来说,干菜就是无上的妙品。和有筋有肉的猪五花同炒，素面朝天的干菜在油脂和火焰的变奏里，成为当之无愧的主角。香飘十里，下饭数碗，一道红润饱满的干菜焖肉，最难将息。

为家乡滋味自豪的鲁迅还在杂文里开起了玩笑："听说探险北极的人，因为只吃罐头食物，得不到新东西，常常要生坏血病；倘若绍兴人肯带了干菜之类去探险，恐怕可以走得更远一点罢。"风趣又傲娇，实在不像印象里那个神色肃然的大先生。

鲁迅之子周海婴在受访时说过一段广为流传的话："一些描述鲁迅的文字把他刻画成一个喋喋不休、拿着匕首和投枪的战士。形象是紧皱双眉严峻凝重的，没有个性和生活，而其他方面似乎都淡化掉了，只剩下一个空壳。"在人子眼里，"我们并不认识这样一个鲁迅"。

鉴湖水，绍兴菜，家乡味，就是鲁迅个性和生活的底色。

下馆子,喝大酒,写小诗

家乡味萦绕一生,不妨碍鲁迅饱览中华美食。他逗留过多座城市,时间长如北京、上海,短似广州、厦门,都留下大量"下馆子"的记录。

用今天的话说,鲁迅和他的朋友们,是名副其实的"探店网红"。他们觥筹交错,嬉笑怒骂,喝得了大酒,写得出小诗,留下一段又一段美谈。

1912年,中华民国临时政府于南京成立。应教育总长蔡元培之邀,鲁迅赴京任教育部社会教育司第一科科长。同年8月,任北京政府教育部佥事。民国官制里,佥事属于中层官员。除了公职,1926年离京之前,鲁迅历任北京大学、北京师范大学和北京女子师范大学等高校教职,加之稿费润笔,在京期间,他没有为生计发过愁。有统计说,当时他的月入约三百大洋,除了给尚未阋墙的二弟周作人寄一些,再购买书籍文玩若干,剩下的钱,填补五脏庙不在话下。

有研究者整理过鲁迅在北京的日常消费。十四年的日记里,"买""购"二字共出现一千零三十七次,平均下来,先生每五天就要消费一次。另一条可资参考的线索是,和许广平同住上海时,每个月光吃就花掉家庭收入的一半,恩格尔系数之高可见一斑。倒推回北京,鲁迅与朱安只是"挂名夫妻",实际过着单身生活,外出与同事友人就餐必然是常态。

客居京华十四年,鲁迅在日记里提到六十五家饭馆的名字。民国的北京餐饮界,有"八大楼""八大居"之说,颇像今日的米其林和黑珍珠。

"吃货"鲁迅,去过其中的大多数。他最钟情的是"八大居"之首的广和居。理由也简单,这家名馆子刚巧在鲁迅居住的绍兴会馆附近,有客来访时,鲁迅干脆会叫"外卖",让广和居送餐到家。

事实上,鲁迅刚到北京第三天,就留下了"夜饮于广和居"的记录,其切如是。这家馆子在嘉庆年间就已开设,群贤毕至,从翁同龢、张之洞等公卿要员,到谭嗣同、杨锐等革命志士,都是这里的常客。店家也很得意,在门口张挂楹联:广居庶道贤人志,和鼎调羹宰相才。店内招牌菜"潘鱼",相传是晚清翰林潘祖荫所创。还有一道"曾鱼",疑似用了曾国藩的秘方。

鲁迅在广和居很少点"潘鱼"这样的大菜,常常是两三人花个两三元,小炒几个,饱餐一顿。

在众多酒友中,郁达夫是文名颇盛、关系也近的那一个。两人在广和居吃饭,常点做法特别的炒腰花:两口锅同烧,一口把油烧热,另一口煮水。腰花焯水,待油温升高后,马上将腰花捞出放入油锅里爆炒,旋即盛进漏勺,留一点底油炒青蒜苗、木耳,再将腰花加入快速翻炒,勾芡后加姜水、料酒、酱油、糖、醋即成。这样做出来的腰花呈金红色,特别脆嫩,非常下酒。辣鱼粉皮和砂锅豆腐也是他们常点的菜。

酒量不大的鲁迅,和郁达夫同饮,每每宾主尽欢,以至于郁达夫要给鲁迅戏题诗句,嵌了他在京期间最重要的两部小说集:"醉眼朦胧上酒楼,彷徨呐喊两悠悠。"

光绪年间创始的同和居也是鲁迅经常光顾的馆子。这家主打鲁菜的餐厅有九转肥肠之类的招牌,但鲁迅最爱的是更合江浙口味的炸虾球。高庄大馒头切片，表皮刷油后烤干，外焦里嫩，酥松香脆，这道如今烧烤摊上的常见主食，也是鲁迅的珍物。

有"北京八大鲁菜饭庄之首"美誉的东兴楼，或许并不是鲁迅最合心意的地方。他在日记里写道："午后胡适之至部，晚同至东安市场一行，又往东兴楼应郁达夫招饮，酒半即归。"郁达夫宴客东兴楼，列席的是鲁迅与胡适，显然是准备"大出血"。奈何这家"八大楼"之一，虽有酱爆鸡丁这样鲁胡二人都喜爱的招牌菜，也难改"酒半即归"的结局。

同属"八大楼"的泰丰楼，是孙中山和宋庆龄常去的馆子，鲁迅也在这里品尝了油爆肚仁、炸八块、九蒸鸭子等名菜。

有时候，鲁迅会挑选绍兴馆子，以家乡菜在京宴客。杏花村和颐芗斋虽然离他较远，却是他最常去的两家。颐芗斋拿手的红烧鱼唇和烩海参，杏花村出名的熘鳝片，都是他记挂的菜。

这些都是中型餐馆，大饭店和小铺子，鲁迅也不会缺席。当时北京的大饭店专门接待红白喜事及祝寿接官等宴会生意，食客都是去出"份子钱"的。鲁迅日记里就有同丰堂、燕寿堂随喜的记录。

至于小馆子，好吃的鲁迅也不会忽略。1918年1月，二弟周作人来教育部，与鲁迅及同事陈师曾、齐寿山去和记用餐。和记就是一间小切面铺子，楼下卖牛羊肉，楼上三四组座位卖清汤大块牛肉面。因为斜对着教育部街，算是鲁迅的"食堂"之一。

当时北京还流行"二荤铺"，专卖猪肉与羊肉及相应面食。鲁迅为解决吃饭问题，时常来这里用餐。四个同事，每顿四个菜，除开周日，每月仅需五个银圆，是精致又可口的选择。鲁迅日记里的海天春、西吉庆，都是这样的"二荤铺"，另一家龙海轩的软炸肝尖和锅烧肚块，也是他认可的佳肴。

翻检鲁迅在京的日记，总感觉好馆子挂一漏万。去江苏馆子南味斋吃糖醋黄鱼和虾子蹄筋；在河南馆子厚德福吃同光年间就出名的萝卜鱼；号称"烹调独步，味压江南"，主打五柳鱼的广东馆子醉琼林，对鲁迅都是愉悦的时光。

除了中餐，鲁迅也惠顾西餐厅，当时叫"番菜馆"。在西单的益锠号，他一度和友人钱稻孙约定"每日往午食"，六天只要一元五角，就能吃到一份有汤、有菜、有面包的西式套餐，要说会过日子,还得是绍兴人。

鲁迅甚至还写差评。有一回和董鸿祎、钱稻孙、许寿裳在福建餐馆小有天聚餐,"肴皆闽式,不甚适口,有所谓红糟者亦不美也"。

1926年,时局动荡,"三一八惨案"爆发,段祺瑞政府向游行群众开枪。鲁迅写下《记念刘和珍君》《死地》等名篇,也因此遭遇段祺瑞政府追捕,于山本医院避难。在北京似乎待不下去了。

这时,与鲁迅有旧的新任厦门大学文学院院长林语堂举荐了鲁迅。鲁迅应邀赴厦门任教。鲁迅在厦门仅仅生活了4个月。伯乐林语堂的太太廖翠凤厨艺上乘,又是鼓浪屿本地人,善做闽南菜。她亲手烹制的清蒸螃蟹、炖鳗鱼和猪肝面线,抚慰了鲁迅的胃与心。

1927年1月到9月,鲁迅来到广州,任中山大学文学系主任。许广平是广东番禺人,有了"美食向导",鲁迅又怎会错过广州美食。八个月里,鲁迅在广州有记录的餐馆达到二十五家。

"妙奇香利记"有一道豆豉蒸鲮鱼,极富特色的阳江豆豉加上本地水塘的土鲮鱼，清蒸后鲜甜醇美，鲁迅立即成了回头客。创店于1880年的老字号陶陶居，曾经留下鲁迅喝下午茶的记录。

太平馆和美利权同属一家，创始人徐老高原是沙面洋行的厨师，创业后登堂入室，做成"广州西餐第一家"。1927年的夏天，鲁迅在美利权吃到了冰酪。原来大师解暑消夏的贪吃劲，和我们并无二致。他在7月吃荔枝，8月吃杨桃，还留下了"此物初吃似不佳，惯则甚好，食后如用肥皂水洗口，极爽"的评语。

当年秋天，鲁迅到了上海，直到1936年去世，几乎都在此生活。这是鲁迅声名日隆的时期，宴请应酬不绝，少不了要下馆子。

知名的杭帮菜馆知味观，是鲁迅在上海常去的。1932年到1934年间，他就八次用餐。1932年7月，鲁迅给诗人山本初枝送行，点了龙井虾仁、荷叶三鲜和西湖醋鱼三道名菜。1933年10月，鲁迅又宴请内山完造等好友，叫花鸡、东坡肉、莼菜汤令举座陶醉。日本朋友品尝后大为赞赏，将知味观的大名带回了邻国。直到20世纪80年代，还有日本美食家寻味而至，想试试当年的菜式。至于德兴馆和素菜馆功德林等本地名店，鲁迅也时常流连。

鲁迅也是河南菜馆梁园致美楼的嘉宾。其中一道与熊掌、海参、鱼翅齐名的"扒猴头"，以猴头菇为食材，是鲁迅的至爱。翻译家曹靖华得知此事，还特意从河南老家捎带了一个。鲁迅高兴异常，特意请几位好友共同享用。

在上海，鲁迅和"酒友"郁达夫重聚了。有一则"达夫赏饭"的佳话。1932年10月5日，郁达夫长兄郁华自北平调任江苏省高等法院上海刑庭庭长。郁达夫及夫人王映霞做东，在杭帮菜馆聚丰园一聚。除了鲁迅，在座的还有郁华夫妇、诗人柳亚子夫妇及郁达夫的"粉丝"——文学青年林徽因。

点的什么菜，喝的什么酒，如今已难考证。但临别之际，郁达夫拿出一幅素绢，请各人题词留念。鲁迅在右上角戏谑地写了"达夫赏饭，闲人打油"。

题赠的正文，他是这么写的：

运交华盖欲何求，未敢翻身已碰头。

破帽遮颜过闹市，漏船载酒泛中流。

横眉冷对千夫指，俯首甘为孺子牛。

躲进小楼成一统，管他冬夏与春秋。

鲁迅有名的诗歌之一，竟是饭后"自嘲"所得。

郁达夫与鲁迅的交往满是"酒气"，也因此率真至情，这在微妙善变的文人友谊中实属难得。《郁达夫日记》中记录："午后，与老友打了四圈牌，事后，想睡却睡不着，于是就去找鲁迅聊天，他送了我一瓶绍兴老酒，金黄色，有八九年的光景。改日挑个好日子，弄几盘好菜一起来喝。"佳酿遇上知己，想必又是一个"春风沉醉的晚上"。

鲁迅对酒的看法到底不同。在饱蘸情感的散文诗《野草》里，他写道："日日斟出一杯微甘的苦酒，不太少，不太多，以能微醉为度，递给人间，使饮者可以哭，可以歌，也如醒，也如醉，若有知，若无知，也欲死，也欲生。"

因此，鲁迅始终会喝一点。在日记里，他七次记录与前同事喝酒,常有"小醉""甚醉""颇醉"的记载。朋友送来汾酒,他也要记上一笔。

笔仗缠身,鲁迅树敌颇多。1928年,上海某杂志刊发一幅题为《鲁迅与酒》的漫画,小小的鲁迅瑟缩在一坛硕大的绍兴酒旁。图说是这么写的:"鲁迅先生,阴阳脸的老人,挂着他已往的战绩,躲在酒缸的后面,挥着他'艺术的武器',在抵御着纷然而来的外侮。"不知道大先生看到这幅漫画,会是大笑出门去,还是心事一杯中?

糖如蜜，牙疼病，要人命

鲁迅先生好甜，好到宛如稚童。

日记里写："1926年6月26日，晴，午后，织芳从河南来，放下两个包，说这是'方糖'。景宋说，是用柿霜做成的，性凉。如果嘴角上生些小疮之类，用这一搽便会好。可惜到他说明的时候，我已经吃了一大半了。"

故事到这里还没结束。夜里，鲁迅起身，又翻出藏好的柿霜糖，"因为我忽而又以为嘴角上生疮的时候究竟不很多，还不如现在趁新鲜吃一点。不料一吃，就又吃了一大半了"。

1912年的中秋，是鲁迅第一次在北京过节。独在异乡为异客，思家之情陡然而生。当天的日记里，鲁迅这样写："1912年9月25日，阴历中秋也。见圆月寒光皎然，如故乡焉，未知吾家仍以月饼祀之不。"两年之后，他又记："至稻香村买食物三品。"稻香村是京中知名糕品铺子，看来只有一口甜，能抚慰鲁迅缥缈的思念。两年之内,鲁迅在稻香村购物15次,可见吃糖上瘾,并非虚言。

糖吃多了,会长蛀牙,这是铁律。嗜糖的鲁迅,牙口确实不好。

1913年5月3日,午后,到王府井牙医徐景文处治牙疾。约定补齿四枚,并买含嗽药1瓶,共价47元。付10元。过稻香村,买饼干1元。

1913年5月10日,晴,晚往徐景文处治齿,归途过临记买饼饵1元。

1913年12月20日,晴,午后往王府井大街徐景文医寓,令修正所补三齿。归途过临记洋行,买饼干3匣。

把这些日记串联起来,简直像是诙谐的连续剧,讲述一位"贼心不死"的病人一边治疗一边犯忌的心路历程。几乎每次看完牙医,他都要偷偷"奖励"自己几块甜食。结果就是,1912年到1935年,被鲁迅记载下来的牙疼共有十三次,看牙达七十五次。三十多岁时,他嘴里只剩下五颗"原装"的牙齿了。直至1930年,因为牙痛难耐,四十九岁的鲁迅拔掉了病坏的最后五颗牙齿。

这一切,或许都是甜食惹的祸。其中,风靡老北京的点心萨其马难辞其咎。

因为经常工作到很晚,鲁迅养成了抽屉里放糖果和饼干的习惯。有一次,抽屉里只剩一块萨其马,周海婴问:"这是什么,可以吃吗?"向来宠爱儿子的鲁迅却逗趣说:"照理是可以吃的,但就剩一块,你还是不要吃的好。"

萨其马

对儿子尚且如此，待客自然更舍不得。鲁迅想了一个办法，用花生代替点心来待客。在日记里，他不无得意地写道："从去年夏天发明了这一种花生政策以后，至今还在继续厉行。"

国外的点心，鲁迅也热衷。每月领薪水的日子，他都要去一家法国面包店买奶油蛋糕，主要用来孝敬母亲，偶尔自己也吃一些。他还在《弄堂生意古今谈》中提到一种大爱的糕点：玫瑰白糖伦教糕。早年留学日本时，鲁迅爱上了一种类似豆沙糖的茶点，回国后时常想起，还托人从日本"海淘"回来解馋。

在鲁迅常去的馆子里，广和居与同和居都有他最爱的醒酒甜点：三不沾。这道菜在清朝已经风靡，相传是李鸿章的女婿张佩纶取的名。

鸡蛋黄、绿豆淀粉、白糖、色拉油，就是三不沾的全部原料。炒锅上小火，放入少许色拉油，将原料倒入锅内，慢慢搅拌，顺着一个方向调打。厨师手不离勺，勺不离锅，锅不离火。一手搅炒，一手淋油，400下左右，一道三不沾就完美收官。

三不沾

甜是叫人松弛的味道。一口浓郁或者清淡的甜味触达舌尖，抚遍味蕾，再多世俗的烦嚣，也能暂时抛诸脑后。或许，当甜味包裹鲁迅的感官，他能有一时半刻收起忧患与战斗的姿态，安于人间的美好，也成为更活泼可亲的人。糖如蜜，牙疼病，都是要命的事。但正是这份"要命"，让鲁迅离我们更近了一点。

关于鲁迅和吃，还有两则动人的片段。

据说鲁迅对手稿并不过分在意，时常乱丢乱放，还分发给客人擦手。有一次，萧红在上海的拉都路（今襄阳南路）买油条，无意间发现包裹的纸竟是鲁迅翻译《死魂灵》的手稿。萧红赶紧写信告知，鲁迅知悉后却视作寻常。在永世的不朽和当下的适意之间，究竟哪个更重要？不管旁人怎么把鲁迅放到先锋、旗手、导师的位置上,他从来都很简单:一蔬一饭,一字一句,心无滞碍,宽阔光明。

另一则和鲁迅的诗歌有关。1933年,"左联五烈士"的惨剧已经过去两年,时局依然动荡。左联成员、《现代妇女》杂志编辑黄振球托郁达夫向鲁迅求字。鲁迅题了一首《烟水寻常事》:

烟水寻常事,荒村一钓徒。
深宵沉醉起,无处觅菰蒲。

一生漂泊无定,烽烟与风波早就习以为常,身逢乱世,谁都不过是荒村里的一个钓鱼人。深夜从沉醉里醒转,江水茫茫,又到哪里去寻找栖身的席草和充饥的米粮?

这当然是悲观的遣怀。但值得庆幸的是,在生命的最后几年,鲁迅先生的忧愁里,还惦念着沉醉与菰蒲。有酒喝,有饭吃,这世界终究也没那么糟吧。

张爱玲

◎ 俗世的天才梦，传奇的凡人心

在上海我们家隔壁就是战时天津新搬来的起士林咖啡馆，每天黎明制面包，拉起嗅觉的警报，一股喷香的浩然之气破空而来，有长风万里之势……

"如果湘粤一带深目削颊的女人是糖醋排骨,上海女人就是粉蒸肉。"在公开发表的第一部小说《沉香屑·第一炉香》里,张爱玲这样写。那年她二十三岁,懂吃,懂人,也懂情。至少她自认为如此。

《心经》也提到"桌上的荷叶粉蒸肉",都不用给老爷留下,先吃为敬。酸甜油亮的糖醋小排,长居上海的张爱玲是熟悉的。以糖醋排骨和粉蒸肉比作女人,她恐怕想说,湘粤女人是外放又分明的,而上海女人则把柔情包裹起来,需要细密地品味。

也有一些闲笔。《花凋》里的郑家招待海归医生章云藩的鱼翅和神仙鸭子,《相见欢》里两位人人因为红烧肉的做法各执己见,《倾城之恋》里为寒苦生计正名的清蒸蚝汤。《沉香屑·第一炉香》写葛薇龙见到乔琪乔时内心异样,"她觉得手臂像热腾腾的牛奶似的"。梁家在香港山间白雾里的房子,绿玻璃"一方一方,像薄荷酒里的冰块"。

细想这些食物,与故事的转折关系不大,却和人物结合得极为熨帖,是难忘的增色妙笔。

《金锁记》更绝。用人端给季泽的酸梅汤打翻在桌上,张爱玲写道:"酸梅汤沿着桌子一滴一滴朝下滴,像迟迟的夜漏——一滴,两滴……一更,二更……一年,一百年。真长,这寂寞的一刹那。"泼洒的汤汁竟然可以化身流淌的时间,撩拨曹七巧暗涌的欲念。

张爱玲笔下的食物,总有通感的魔力。写美食的作家众多,为何聊张爱玲?这一切,还得推开一扇扇深宅院落的厚重红门,细细说起。

中国现代文学名家里,论家世出身,张爱玲即便不称第一,也可谓木秀于林。

祖父张佩纶是晚清名臣,早年因领衔"清流"名动朝野,后在中法战争中力主抗敌,会办福建海防,兼署船政大臣,跻身左右时局的关键人物。可惜文人掌兵,指挥无当,战事不利,张佩纶被革职流放。

故事到此并未结束。刑满归来,一段似幻似真的佳话开启了。

名头更甚的李鸿章对张佩纶青眼有加,将女儿李菊藕许配于他。小说《孽海花》据此有一段附会:威毅伯(即李鸿章)有一位才貌双绝的千金,人在闺中,对庄仑樵(即张佩纶)心生仰慕,同情他生不逢时。

有一天,庄仑樵参拜威毅伯,在房中撞见美貌的小姐,不及回避。更尴尬的是,他瞥见桌上一卷署名"祖玄女史弄笔"的诗稿,其中有议论中法战争的诗句:"论材宰相笼中物,杀贼书生纸上兵","基隆南望泪潸潸,闻道元戎匹马还"。言语之间,颇多扼腕唏嘘。纸上谈兵、匹马逃回的庄伦樵读罢,心有戚戚,就此留了念想,托人求婚,得到"一口应承"的答复。

张爱玲日享大名后,难免有人重提这段旧事,希望让传奇史添谈资。可张爱玲并不乐见。她对人说,祖母不太会作诗,《孽海花》里流传甚广的两首七律,也是祖父改过的。通过亲手解构"家族神话",张爱玲明确了她此生的个人主义立场:"时代的车轰轰地往前开……我们每一个人都是孤独的。"

系出名门当然影响了张爱玲。但她并不以此为荣,也鲜少提及。唯独1944年筹划小说集《传奇》的出版事宜时,她给中央书店的老板平襟亚去信,谈及出版后,如果有益于销路,可以将《孽海花》里祖父与祖母的历史告诉读者们,让读者和一般写小说的人代为宣传。

这是张爱玲的另一面。她是个对"俗"从不避讳的人。

读书人在公开场合多数谈钱色变,张爱玲却一钱如命。儿时抓周,在琳琅满目的漆盘里,她最先握住的是闪亮的金锭。后来她也自承:"我喜欢钱,因为我吃过没钱的苦,不知道钱的坏处,只知道钱的好处。"张爱玲也好名。最广为人知的就是那句:"出名要趁早呀!来得太晚的话,快乐也不那么痛快。"

偏爱逛街、在乎衣饰、喜欢美食,对生活中具体的东西倾注极大的热情,在这一点上,张爱玲与你我毫无差别。十岁那年奉母命更名"爱玲",她并不觉得好,却坚持不改,因为"世上有用的往往是俗人。我愿意保留我的俗不可耐的名字,向我自己作为一个警告,设法除去一般知书识字的人咬文嚼字的积习,从柴米油盐、肥皂、水与太阳之中去寻找实际的人生"。

对很多属意张爱玲的读者来说,偶像繁杂渺远,如同一个谜语。她是贵府明珠,却对身世避而不谈,时时以自食其力的俗人自居。她对人情有纤毫毕现的洞察,之于交际却兴趣萧然,自觉走向离群索居的生活。她在服饰、美食上流露出高绝的天赋与精湛的品位,对生活琐事却时常无能为力,"等于一个废物"。她对男女之间的苍凉与惘然看得如此通透,却在身陷情感旋涡时如履薄冰,严重影响到生命的轨迹。她经历过大红大紫、洛阳纸贵的风光,晚景却要在异乡深居简出、辗转终老。

要索解张爱玲的秘密,大概用本人的碎片拼凑最合适:她的一生,就像在动荡纷乱的俗世里做了一场"天才梦",而这部"传奇",没有神话奇情,有的只是跃动的凡人心,是"通常的人生的回响"。

因此,以最世俗的食物为钥匙,或许能轻轻转动张爱玲的心锁。

天才一梦：人是最拿不准的东西

张爱玲家世显赫，但显赫从来不能和幸福画上等号。回溯她不安的童年时代和颠沛的青年岁月，原生家庭固然有支持与慰藉，也带来了困顿与惶惑。

告别意味浓重的散文集《对照记》里有一张照片，幼小的张爱玲坐在姑姑身上，表情平静，不带笑容。年暮的她写道："我喜欢我四岁的时候怀疑一切的眼光。"话里透着轻松，细品也有苦与悲，就像是儿时写真。

李鸿章爱女李菊藕与张佩纶成婚后，诞下一子，取名张志沂，又叫张廷重。那是 1896 年，清帝国已经从深秋转向严冬，三千年未有之大变局，越发扑朔迷离。十九岁那年，张廷重迎娶长江水师提督黄翼升的孙女——黄素琼。

遗憾的是，门第虽相当，却并未成为天作之合。张廷重是典型的遗少，灯红酒绿，纸醉金迷。黄素琼则以新派女性自居，后来离家出走时，她嫌本名不够浪漫，亲手改为黄逸梵，英文名 Yvonne。

显然，这是一个注定无法长久的家庭。张廷重与黄逸梵育有一子一女，女儿小煐，十年后由母亲改名为张爱玲；儿子小魁，学名张子静。

1920年9月，张爱玲在地处上海公共租界、有二十多间房的张公馆出生了。两岁时，父亲托族里长辈引介，在津浦铁路局谋得一个英文秘书的职位，张家举家迁往天津。同去的还有张爱玲的姑姑，时年二十一岁的张茂渊。

初到天津的张家，住在32号路61号一处花园洋房，过着歌舞升平的日子。据张子静回忆：那一年"我父母二十六岁，男才女貌，风华正盛，有钱有闲，有儿有女。有汽车，有司机，有好几个烧饭打杂的用人，姊姊和我都还有专属的保姆"。

20世纪20年代初，汽车毫无疑问是身份的标识。张廷重初入津门，就四处招摇，赌博、抽鸦片，烟花柳巷没少去，还养起了姨太太。

因为成天和酒肉朋友浪荡，张廷重晚上很少有时间陪伴儿女。黄逸梵心内不悦，又崇尚西式教育和作风，坚持留年幼的张爱玲独自睡觉。起床后，母亲才让用人把女儿抱到自己的铜床上，逗弄一会儿，教几句唐诗宋词，旋即意兴阑珊。

幼年张爱玲对母亲的情感是微妙的。看到母亲穿戴打扮，她有一种等不及长大的爱慕，因爱慕而心生亲近。可另一些时候，她总觉得和母亲之间有隔膜。长大之后，她说："我一直是用一种罗曼蒂克的爱来爱着我的母亲的。她是个美丽敏感的女人，而且我很少有机会和她接触，我四岁的时候她就出洋去了，几次回来了又走了。在孩子的眼里她是辽远而神秘的。"

张爱玲四岁那年，"新女性"黄逸梵不愿忍受与张廷重的家庭生活，选择出洋留学。同行的还有姑姑张茂渊。

夫人远走，姨太太顺势搬了进来。这位"姨奶奶"待张爱玲不算差，"每天带我到起士林看跳舞。我坐在桌子边，面前的蛋糕上的白奶油高齐眉毛，然而我把那一块全吃了，在那微红的黄昏里渐渐盹着，照例到三四点钟，趴在用人身上背回家"。

"起士林"是同名的德国随军厨师在天津创立的西餐馆，

供应面包、咖啡及一些西菜。自孩提时代,这三个字就烙在张爱玲的心上。20世纪40年代,起士林开到上海,选址就在张爱玲居住的常德公寓隔壁,"每天黎明制面包,拉起嗅觉的警报,一股喷香的浩然之气破空而来,有长风万里之势,而又是最软性的闹钟,无如闹得不是时候,白吵醒了人,像恼人春色一样使人没奈何。有了这位芳邻,实在是一种骚扰"。她最中意方角德国面包,外皮厚脆,中心微湿,是"普通面包中的极品,与美国加了防腐剂的软绵绵的枕头面包不可同日而语。我姑姑说可以不抹黄油,白吃"。

童年至味,从来能穿越时空的界限,对张爱玲也是一样。

衣食无忧的日子里,敏感的她滋长了很多舌尖记忆,由此织就了具象的画面:"松子糖装在金耳的小花瓷罐里。旁边有黄红的蟠桃式瓷缸,里面是痱子粉。下午的阳光照到磨白了的旧梳妆台上","梦见吃云片糕。吃着吃着,薄薄的糕变成了纸,除了涩,还感到一种难堪的怅惘","一直喜欢吃牛奶的泡沫,喝牛奶的时候设法先把碗边的小白珠子吞下去"。

那是一段"橙红色的岁月",家里萦绕着"春日迟迟"的空气,父亲玩乐,母亲远游,围在身边的多是塾师和用人。

讲授《孟子》时,有"太王事獯鬻"的句子,姐弟俩难以记诵,深以为苦,张爱玲突发奇想,按读音改成"太王嗜熏鱼"。后来在小说《封锁》里,张爱玲又提到油汪汪的纸口袋里装着熏鱼。那是她屡次想起的味道。

熏鱼

张爱玲的原生家庭充满聚散离合,用人何干始终站在她这边。在张爱玲与父亲、继母关系最紧张的时候,何干给她通风报信,因此被赶回皖北老家。将主仆二人联系在一起的,除了情义,还有一道家乡味:合肥丸子。

合肥丸子

张子静记述说:"合肥丸子是合肥的家常菜,只有合肥来的老女仆做得好,做法也不难。先煮熟一锅糯米饭,再把调好的肉糜放进去捏拢好,大小和汤圆差不多,然后把糯米饭团放蛋汁里滚一滚,投入油锅里煎熟,姐姐是那样喜欢吃,又吃得这样高兴,以至于引得全家的人,包括父亲和用人们后来也都爱上了这道菜。"

"粘粘转"也是张爱玲印象颇深的滋味。因为李鸿章出身合肥,在张爱玲小时候,家里常有安徽用人往来,时而会从田里带些青色麦粒,尚未成熟,"下在一锅滚水里,满锅的小绿点子团团急转,吃起来有一股清香"。直到今天,以青麦制作的面食"辗转",仍旧是华北地区的农家美味。

在孩童的天地里,吃是最直接的快乐源泉。然而,食物毕竟不是人生的全部。张爱玲八岁那年,游手好闲的张廷重连英文秘书的闲职也丢了。张家又返回上海。

张爱玲和她复杂的家庭状况紧密缠绕在一起,不知不觉地长大。父亲和母亲协议离婚,续弦的对象也是一杆"烟枪",家里云雾缭绕,未来越发不分明。

中学时代,张爱玲念的是圣玛利亚女校。这是一所贵族化的教会学校,身材渐渐颀长的张爱玲却要穿着继母的旧衣上学。有件暗红的薄棉袍,碎牛肉的颜色,穿不完地穿着,就像浑身生了冻疮。这在向来孤高的张爱玲心里,留下的当然只有羞耻与嫌恶。

置身这样的环境,张爱玲的选择只剩一个:逃去母亲那里。当她苦思终日,真正离开父亲的那一刻,感受到的是"多么可亲的世界","我在街沿急急走着,每一脚踏在地上都是一个响亮的吻"。

张爱玲得到一段和母亲朝夕相处的短暂时光。

母亲的手艺是记得住的,"苋菜上市的季节,我总是捧着一碗乌油油、紫红夹墨绿丝的苋菜,里面一颗颗肥白的蒜瓣染成浅粉红"。带着一碗炒苋菜,和妈妈同去对街的舅舅家吃饭,"在天光下过街,像捧着一盆常见的不知名的西洋盆栽,小粉红花,斑斑点点暗红苔绿相同的锯齿边大尖叶子,朱翠离披,不过这花不香,没有热乎乎的苋菜香"。几十年后,已经定居旧金山的张爱玲去唐人街散步,"看到店铺外陈列的大把紫红色的苋菜,不禁怦然心动"。然而,"炒苋菜没蒜,不值得一炒"。异乡的蒜又干瘪,有失本味,就像这汗漫的人生。

红苋菜

倾慕欧美文化的黄逸梵，意欲将女儿塑造成西式淑女。但西式淑女严格刻板的标准，更像是母亲的梦想，而非女儿的渴望。比如学钢琴，当早慧的张爱玲感应到"母亲喜欢的不是钢琴而是那种空气"，而老师又常因为她偷懒而打她的手，应该练琴的时刻，她就坐在地板上翻看小说。

弹琴只是缩影。当母女之间从缥缈的思念变成细碎的相处，嫌隙逐日滋长。比方说钱，贵族学校的淑女需要经济保障，张爱玲三番五次要钱之后，母亲变得不耐烦了，甚至骂女儿是"害人精"。

"淑女"的条条框框也是压力。张爱玲刚从父亲家的孤独状态摆脱，又要骤然在窘境中做淑女，她感到艰难，常常一个人在公寓屋顶的阳台上转来转去。当她仰脸向着当头的烈日，"我觉得我是赤裸裸地站在天底下了，被裁判着像一切的惶惑的未成年的人，因于过度的自夸和自鄙"。

看上去，母亲公式化的情感远远超出了对实际需求的关切，她更需要一个淑女女儿，而不是一个更自在的张爱玲。

某种程度上，这种无意间的打压促成了张爱玲低回的自我观照:"我发现我不会削苹果。经过艰苦的努力我才学会补袜子。我怕上理发店,怕见客,怕给裁缝试衣裳。许多人尝试过教我织绒线,可是没有一个成功。在一间房里住了两年,问我电铃在哪儿我还茫然。我天天乘黄包车上医院去打针,接连三个月,仍然不认识那条路。总而言之,在现实的社会里,我等于一个废物。"

万幸还有写作。而张爱玲是写作的天才。她在八岁前已经阅读了大量章回小说,包括洋洋万言的《西游记》在内。唐诗、李清照的词,《金瓶梅》《红楼梦》《海上花列传》等等,也逐步进入她的视野。输入够了,技痒不足为奇。

七岁那年,张爱玲动笔写一个家庭伦理悲剧。在一个姓云的小康之家,男主人外出,小姑定计来陷害嫂嫂。这显然不是少女的幽幽情思,遇到笔画复杂的字,她还要向厨子求助。故事无疾而终,可张爱玲算是初尝了写作"禁果"的诱惑。

随后,她又试笔写了乌托邦小说和历史小说。少女心目中的《快乐村》和《理想中的理想村》,她都不恤笔墨地记录下来。这种虚构的理想国,是她对现实的期待与投射。她也从虞姬的立场重构霸王别姬的故事，勾勒帝王将相的男性叙事背后忽略的女性意识。这些作品部分散见于圣玛利亚女校的校刊《凤藻》上。

张爱玲早早就有大部头的野心。她写过近乎鸳鸯蝴蝶派风格的《摩登红楼梦》，将熟稔于心的红楼人物放置到现代，贾政坐上了火车，尤二姐请律师控告贾琏，芳官藕官加入了歌舞团，宝玉闹着要和黛玉私奔去海外。这当然是游戏文章，但张爱玲笔触之老练、人物之生动，已远超寻常少年的水准。

面对校园生活，张爱玲依然表现出一点"低能"。每每交作业，她总是不在名册。老师问起缘由，她就两手一摊："我忘了。"既不找理由，也不会辩解，仿佛一切都理所当然。在纪律分明、作风严谨的教会女校，张爱玲算是一个异数。可一旦说起成绩，尤其校刊上那些珠玑文字，老师都印象深刻。

1937年，张爱玲从圣玛利亚女校毕业。校刊上登载了一则毕业班专辑，其中有类似同学录问答的环节。在"最恨"一栏里，张爱玲信手写了一句："一个有天才的女人忽然结婚！"这个机锋仿佛一段谶语，贯穿了她此后的两段婚姻。

只是那时的张爱玲不会明了,她尚且意气风发。十八岁那年,张爱玲参加伦敦大学远东地区入学考试,顺利通过。第二年,因为二战纷扰,留英无法兑现,张爱玲"曲线救国",改入香港大学文学系。不久之后,《西风》上登出了她公开发表的处女作《天才梦》。

在这篇悬赏征文的起首,张爱玲开宗明义:"我是一个古怪的女孩,从小被慕为天才,除了发展我的天才外别无生存的目标。然而,当童年的狂想逐渐褪色的时候,我发现我除了天才的梦之外一无所有——所有的只是天才的乖僻缺点。世人原谅瓦格涅的疏狂,可是他们不会原谅我。"

文章的收梢有更传世的警句:"生活的艺术,有一部分我不是不能领略。我懂得怎么看'七月巧云',听苏格兰兵吹 bagpipe(风笛),享受微风中的藤椅,吃盐水花生,欣赏雨夜的霓虹灯,从双层公共汽车上伸出手摘树顶的绿叶。在没有人与人交接的场合,我充满了生命的欢悦。可是我一天也不能克服这种咬啮性的小烦恼,生命是一袭华美的袍,爬满了虱子。"

从头到尾,张爱玲都是自知的。她理解自己古怪,古怪女孩唯有发展天才，即便如此，世人也未见得体谅。因此，在没有人与人交接的场合，她才会充满生命的欢悦。然而这些不由人决定，因为生命是一袭华美的袍，爬满了虱子。"虱子"又是另一个预言，将在几十年后的美国，带给她连绵不绝的烦扰。

此刻，磨难都还很远，远到她根本不明白。

古怪天才张爱玲只身赴港读大学了，她希望通过四年的努力，换取一张留洋的船票。为此，她发奋用功，揣摩每一个教授的心思，门门功课都考第一，连得了两个奖学金。但代价是，从小学、中学开始笔耕不辍的她，三年里再无新作。连嗜好的章回小说，也没时间细看了。

大三那年，太平洋战争爆发了，日军来势汹汹，进占香港，驻地英军狼狈溃散。港大禁闭了，有处可去的同学自谋出路，张爱玲食宿无着，被迫留守。她随大部队一起，到防空总部报名，领取证章，协助守城。战时纷乱如麻，证章也不过保证米和黄豆，没有油，也没有燃料，本就不善烹饪的张爱玲接连两天什么都没吃，"飘飘然去上工"。

天才的痴劲，也在这时候浮上来。庞然的战事让张爱玲更加体悟到个人的渺小,她索性沉溺在自己的领地里。

在冯平山图书馆,张爱玲觅得了《醒世姻缘》和《官场现形记》,"马上得其所哉,一连几天看得抬不起头来"。机枪扫射,炸弹凌空,她想的是:"至少等我看完了吧。"书上字印得小,光线又昏暗,已经患上深度近视的张爱玲担心眼睛,但转念一想:"一个炸弹下来,还要眼睛做什么呢?"书是最好的避难所,她兀自阅读。

在失控的生活里,食物也是张爱玲的寄托。十八天的围城过去了,香港落入日本人之手,但炮火总算停了。张爱玲和同学满街寻找冰激凌和唇膏。得知有一家店第二天可能贩售冰激凌,学生们竟然愿意步行十多里路,去填塞这点口腹之欲。

在那段日子里,张爱玲学会了怎样以买东西当作一件消遣,有时他们伫立街头等着小吃摊上滚油煎的萝卜丝饼。张爱玲是有感知的:"香港重新发现了'吃'的喜悦……俗世里的男女学生整天谈讲的无非是吃。"

港大校舍征用作"大学堂临时医院",张爱玲循例去当看护。有一个股骨腐烂的病人,夜间哀号惨厉。值夜班的张爱玲去厨房烧牛奶："我把牛奶倒进去，铜锅坐在蓝色的煤气火焰中，像一尊铜佛坐在青莲花上，澄静、光丽。但是那拖长腔的'姑娘啊！姑娘啊！'追到厨房里来了。小小的厨房只点一支白蜡烛，我看守着将沸的牛奶，心里发慌发怒，像被猎的兽。"大可以甩腿离开的，只是那一口热牛奶难得。

后来病人死了，在天快亮的时候。张爱玲记录说："我们将他的后事交给有经验的职业看护，自己缩到厨房里去。我的同伴用椰子油烘了一炉小面包，味道颇像中国酒酿饼。鸡在叫，又是一个冻白的早晨。我们这些自私的人若无其事地活下去了。"

也许可以指责其冷漠，张爱玲也承认了这样做的自私。关于战云密布的港大求学，她写了一篇《烬余录》，里边有自省得出的老教训："想做什么，立刻去做，也许一迟就来不及了。'人'是最拿不准的东西。"

人确实拿不准。踌躇满志的张爱玲因为战事辍学，无奈返回上海。三年苦读，成绩优异，她原本很有希望留英深造。可战火断送了前程，就连求学的文件记录也销毁殆尽。和弟弟张子静谈起,她不平地说:"只差半年就要毕业了呀!"可别说半年,就算只差半天,也是一场徒然。张爱玲也试图挽救,回沪后转入圣约翰大学,由于课业不感兴趣,学费也需筹措,最终还是放弃了。

但是,香港也不会白去。

张爱玲在港大结识斯里兰卡籍同学炎樱,成为终生密友。更关键的是,张爱玲最早发表的三篇小说《沉香屑·第一炉香》《沉香屑·第二炉香》《茉莉香片》,都以香港为背景。学业中断了,但张爱玲最光华夺目的篇章即将掀开帷幕。在20世纪40年代,孤岛时期的上海,她会成为文学长空最明亮的星辰。

孤岛明星：出名要趁早呀

回到上海的张爱玲，与姑姑一同住在静安寺附近的赫德路192号6楼65室。赫德路就是现在的常德路，这座公寓大楼也以道路命名。张爱玲文名远播，故事又多，直到今天，流连常德公寓的粉丝依然络绎不绝。住户不堪其扰，只得在大门口高挂"私人住宅，谢绝参观"的字样。

这番热闹的缘起，要追溯到20世纪40年代。1937年年底，国民党弃守上海，日本入侵。英法租界身处日占区的包围之中，形如孤岛。大批作家撤出上海，留下来的，写点什么，哪些能写，都成了问题。在文学史的维度上，孤岛时期的上海面临真空。张爱玲就是这时粉墨登场的。

1943年5月，"鸳鸯蝴蝶派"领袖周瘦鹃主编的《紫罗兰》创刊号上，刊载了张爱玲的小说《沉香屑·第一炉香》。这篇周瘦鹃口中"特殊情调的作品"，惊动文坛。

数月内,"张爱玲"三个字,以及连珠炮般的短篇佳作,迅速占领了当时上海最具影响的文学刊物,包括《杂志》《万象》《古今》《天地》等。"只闻其声不见其人"的张爱玲,开始和诸多成名已久的作家平起平坐。不鸣则已,一鸣惊人。《倾城之恋》发表后改编成话剧,上演一月有余,是城中的文化盛事。

距张爱玲首发小说仅仅一年,《杂志》就将十个短篇集纳出版,书名《传奇》。四天之后,《传奇》增印。再版序言里,张爱玲的心情显然很明朗,甚至可以说是"飞扬":

> 以前我一直这样想着:等我的书出版了,我要走到每一个报摊上去看看,我要我最喜欢的蓝绿的封面给报摊子上开一扇夜蓝的小窗户,人们可以在窗口看月亮,看热闹。我要问报贩,装出不相干的样子:"销路还好吗?——太贵了,这么贵,真还有人买吗?"呵,出名要趁早呀!来得太晚的话,快乐也不那么痛快。

哪怕张爱玲笔底仍在写,"个人及时等得及,时代是仓促的……如果我最常用的字是'荒凉',那是因为思想背景里有这惘惘的威胁"。但世俗意义的成功,到底是突然降临了。

《传奇》初版扉页上题写着:"书名叫传奇,目的是在传奇里面寻找普通人,在普通人里寻找传奇。"深宅大院的遗少弃妇,官场商道的明暗之间,街头巷陌的市民俗人,张爱玲无意书写痴男怨女或者神仙眷侣,她要在庸常人心里发现永恒。

文坛有了神龙见首不见尾的天才,好奇自然会随之涌现。那段时间张爱玲的生活半径和习性偏好,在时人的探问和后世的凭吊中被反复言说。譬如,她当时都吃些什么。

张爱玲对面包、咖啡和茶点有执念。

周瘦鹃与张爱玲谈妥刊登小说的事宜后,去常德公寓面晤。张爱玲在精致典雅的会客室奉上了牛酪红茶和各式甜咸西点,茶杯碟箸也精美别致。

除了隔壁的起士林,张爱玲也怀念在圣约翰大学时,兆丰公园(今中山公园)对面的俄国面包店老大昌,"各色小面包皮中有一种特别小些,半球型,上面略有点酥皮,底下镶着一支半寸宽的十字托子,这十字大概面和得比较硬,里面掺了点奶酪，微咸，与不大甜的面包皮同吃，微妙可口"。

1960年，逗留香港的张爱玲走在僻静的横街上，偶然看见一块店招，写着"Tchakalian"，伙计也是本地华人，误以为和老大昌有缘重逢。结果从玻璃柜台扁圆的俄国黑面包里买了一只，发现"其硬如铁，像块大圆石头……好容易剖开了，里面有一根五六寸长的淡黄色直头发，显然是一名青壮年斯拉夫男子手制"。上海老大昌那一口"热十字小面包"，她在美国也听说过，可见到实物才发现，不过是粗糙的小圆面包上用白糖划了细小的十字，"即使初出炉也不是香饽饽"。不知道这样的南橘北枳，有多少是手艺上的客观差距，又有多少是遥远的乡愁在作祟。

飞达和凯司令也是张爱玲常去的。

热十字面包

凯司令栗子蛋糕

飞达咖啡馆在平安大戏院里边。南京西路、陕西南路历来是上海的繁华商圈，但飞达早已淹没在城市更迭之中。当年这里也是"网红店"，咖啡杯比别处大，栗子蛋糕是招牌，还有半螺旋咸酥皮的"乳酪稻草"。还小的时候，父亲常带张爱玲来，"他自己总是买香肠卷"。

很多年以后，张爱玲在多伦多的橱窗撞见香肠卷——都谈不上香肠卷，不过是酥皮小筒塞肉。她买了四只，"油渍浸透了的小纸袋放在海关柜台上，关员一脸不愿意的神气，尤其因为我别的什么都没买，无税可纳"。时间变了，地点变了，人也变了，关于滋味的记忆当然会不同，"美国就没有香肠卷，加拿大到底是英属联邦，不过手艺比不上从前上海飞达咖啡馆的名厨。我在飞机上不便拿出来吃,回到美国一尝,油又大,又太辛辣,哪是我偶尔吃我父亲一只的香肠卷"。

凯司令咖啡馆迄今还在南京路上。《色,戒》里,王佳芝就在此地等易先生,"虚飘飘空捞捞的,简直不知道身在何所"。现实中的凯司令,不像小说里那么曲折幽微、蓄势待发,张爱玲和炎樱常来这里,"每人一块奶油蛋糕,另外要一份奶油。一杯热巧克力加奶油,另外要一份奶油"。张爱玲年轻时完全不怕甜腻,坚持各自出钱 AA 制之余,还要"热心地相互劝诱:不要再添加一点什么吗?",潇洒愉悦,溢于言表。

张爱玲醉心咖啡西点,有人因此冠以"小资"的标签。这是偏颇的。张爱玲也为中国食物着迷。平民的大饼油条,她能吃出玄妙的门道,"大饼油条同吃,由于甜咸与质地厚韧脆薄的对照,与光吃烧饼味道大不相同,这是中国人自己发明的。有人把油条塞在烧饼里吃,但是油条压扁了就又稍差,因为它里面的空气也是不可少的成分之一"。

"四大金刚"的好处,上海人最懂。豆浆也不可少。《沉香屑·第一炉香》里,葛薇龙想回上海,母亲在美女月份牌上用铅笔加上了裁缝、豆腐浆、舅母和三阿姨的电话号码。张爱玲和姑姑都爱豆浆，有时让公寓里开电梯的帮忙，"托他买豆腐浆，交给他一只旧的牛奶瓶"。

还有绍兴臭豆腐，"无论如何，听见门口卖臭豆腐干的过来了，便抓起一只碗来，蹬蹬奔下六层楼梯，跟踪前往，在远远的一条街上访到了臭豆腐干担子的下落，买到了之后，再乘电梯上来，似乎总有点可笑"。这些都是张爱玲亲笔记下的公寓生活趣事。

绍兴臭豆腐

状物有巅毫之细，写人有玲珑之巧，抒情有蜿蜒之奇，张爱玲引起了很多人的关注。其中包括评论家傅雷。眼光独到、惜墨如金的他，将《金锁记》列为"我们文坛最美的收获之一"。可对于张爱玲的其他作品，傅雷的评价就恳切而严厉了。

　　自视颇高又风头正健的张爱玲，难免要反驳。虽未指名道姓，但她写了《自己的文章》回应。针对傅雷多写作少发表，跳出男女私情的劝诫，她词锋凌厉："一般所谓'时代的纪念碑'那样的作品，我是写不出来，也不打算写……我甚至只写些男女间的小事情，我的作品里没有战争，也没有革命。我以为人在恋爱的时候，是比在战争或革命的时候更素朴，也更放肆的。"傅雷推重崇高，张爱玲迷恋现实，文艺观念并无高下之分。但从《自己的文章》来看，张爱玲对创作的认知极为清醒。

　　也是在这段时间里，张爱玲经历了第一段婚姻。当"因为懂得，所以慈悲"和"岁月静好，现世安稳"在多变的人心里幻化成烟云字，张爱玲曾经涕泣良久，决定"就此将心门关起，从此与爱无缘了"。

　　同样对她关上门的，还有1943年到1945年间转瞬的"黄金时代"。张子静写道："抗战胜利后的一年间，我姊姊在上海文坛可说销声匿迹。"张爱玲与姑姑搬到华懋公寓、重华新村，后来又乔迁国际饭店背后的卡尔登公寓。《十八春》就是在这里写成的。

因为写电影剧本，张爱玲和文华影业公司的桑弧、龚之方等人有所往来。有一次，文华老板吴性裁提议去无锡吃"船菜"，泊舟太湖，现场捕捞，立即烹调，她感到"印象深刻，别致得很"。

为了一篇以西湖为背景的小说，张爱玲报名旅行社观光团，在导游安排下去楼外楼吃了螃蟹面。"当时这家老牌饭馆子还没有像上海的餐馆'面向大众'，菜价抑低而偷工减料变了质。他家的螃蟹的确是美味，但是我也还是吃掉浇头，把汤滗干了就放下筷子，自己也觉得在祖国大陆的情况下还这样暴殄天物，有点造孽。桌子上有人看了我一眼，我头皮一凛，心想幸而是临时性的团体，如果走不成，还怕将来被清算的时候翻旧账。"一碗螃蟹面触发的隐忧，已经远超吃的范畴了。

事实上，张爱玲的故交中，颇有一些好心的支持者。最当红的时候，他们担心环境清浊难分，不谙政治的张爱玲会卷入是非。郑振铎甚至建议柯灵，劝张爱玲不要到处发表作品，如果写了，可以先交给他主理的开明书店，并且预支稿费，等河清海晏后再印行。

左翼的柯灵一直举荐张爱玲。当时上海文艺界的一号人物是左联元老夏衍，他对张爱玲的作品颇有印象。1950年夏天，上海召开了"第一次文学艺术界代表大会"。无党派无背景只有"污点"的张爱玲拿到一张"入场券"。但柯灵在会场看到，五百多人的中山装海洋里，只有张爱玲身披一袭旗袍，外罩一件白色网眼绒线衫。相较沦陷时期的穿着，张爱玲已经收敛了不少，但她不融于任何一个集体，恐怕不仅是服装的事。

没有记录显示，张爱玲什么时候做出了离开的决定。和父亲断了来往，母亲后来又去了英国，弟弟新中国成立后在小学里教书。只有亲爱的姑姑，依然和她住在一起。

1951年，《十八春》连载结束。张子静问她对将来有什么打算，"我们虽然不谈政治，但对政治环境的大改变不可能无知"。张爱玲默不作声。

过了几个月，张子静又来。姑姑张茂渊开了门，只留下一句话："你姊姊已经走了。"

张子静走到楼下，忍不住哭了起来。

时间俘虏：当然随时可以撕票

张爱玲去了香港。1952 年，她得到香港大学注册处的入学通知，重修当年未竟的学业。

在母亲的老朋友，时任港大工学院讲师的吴锦庆和文学院院长的贝查帮助下，张爱玲顺利办妥手续，并得到一千元助学金。

稍有闲暇，张爱玲探索生活可爱之处的性格又冒头了。

第一次赴港求学，她每次上城，都去中环近天星码头的青鸟咖啡馆，买半打"司空"。这是一种三角形小扁面包，今天更多译作司康饼。张爱玲买的"司空"名下无虚，"比蛋糕都细润，面粉颗粒小些，吃着更面些，但是轻清而不甜腻"。

此次故地重游，青鸟咖啡馆还在，进门也还是熟悉的半杯形玻璃柜台，但"司空"不见了。不死心的她又上楼去找，整个楼面一大统间，黑洞洞的许多卡位，半黑暗中人声嘈嘈，都是上海人在谈生意,"虽然乡音盈耳,我顿时惶惶如丧家之犬,假装找人匆匆扫视了一下,赶紧下楼去了"。虽在香港,不爱交际的张爱玲依然"近乡情怯"。

得知炎樱在日本后,张爱玲动了去找她的念头。去日本坐的小货轮,载客少,不单独开饭,头等票随船长吃,二等票跟船员一桌,一日三餐都是阔米粉面条炒青菜肉片。但张爱玲喜欢,"比普通炒面干爽,不油腻。菜与肉虽少,都很新鲜。二等的厨子显然不会做第二样菜,十天的航程里连吃了十天,也吃不厌"。多年以后,身在美国的张爱玲才听说"炒米粉""炒河粉",但已经无处验证是不是当年船上的美味了。到了东京,没有合适的工作,张爱玲于1953年又回到香港。

张爱玲在港期间有过创作高峰。《秧歌》和《赤地之恋》都在《今日世界》杂志连载。她也和宋淇、邝文美夫妇维持了一生的友谊。写作还是令她兴奋。她对宋、邝二人说:"写完一章就开心,恨不得立刻打电话告诉你们,但那时天还没有亮,不便扰人清梦。可惜开心一会儿就过去了,只得逼着自己开始写新的一章。"

20世纪50年代密布着冷战的疑云,香港的前景如何,很多外来者并不确定。张爱玲是其中一员。1955年,找到保人的张爱玲搭乘"克利夫兰总统号"只身赴美。当维港的夜色化作遥远的星火,漆黑的夜幕和海浪将她包围,张爱玲又落泪了。这一年,她不过才三十五岁。

刚踏上美洲大陆,张爱玲的生活有条不紊。经由炎樱介绍,她搬进一个济贫性质的女子职业宿舍,却对艰苦的条件不以为意。她还与胡适建立了联系。除了书信往来,有一年感恩节,胡适邀请她一起下中国馆子。

第二年,张爱玲得到爱德华·麦克道威尔写作基金会的奖金,搬到了新罕普什尔州的彼得堡。在这里,她遇到了一个叫费迪南德·赖雅的美国作家。

赖雅并不是无名之辈。好友布莱希特是20世纪最著名的剧作家之一,他一度担任布莱希特在美国的代理人。庞德、康拉德、乔伊斯这些欧美文坛的巨星,和赖雅也有交集。在好莱坞当编剧的经历,也使得他在美国电影圈子里积累了人脉与资源。

1956年3月13日,张爱玲与赖雅相识。短暂的谈话之后,张爱玲给赖雅留下了端庄大方、和蔼可亲的印象。之后,他们开始单独往来。5月12日,赖雅日记里写了一条"Went to the shack and shacked up."。张爱玲的朋友和研究者司马新将这句话译作"去房中有同房之好"。

张爱玲怀孕了。基于两人的经济情况,赖雅建议她堕胎。但他也承诺一段婚姻。是年,张爱玲三十六岁,赖雅六十五岁。

要嫁给一个望七的老人,张爱玲肯定有心理准备。或许是赖雅给了她投契与安全感,或许是在无亲无故的异乡,多个同行交流能缓释孤独、提供帮助,两人于8月14日,在纽约结婚。

婚后几年,夫妻俩去过纽约、波士顿、华盛顿、旧金山。赖雅带着东方来的妻子走街串巷。

有一年生日,他们去看了安迪·格里菲斯主演的《从军乐》。回家后,张爱玲告诉赖雅,这是她有生以来最快乐的生日。素来对俗世生活充满好奇的张爱玲一直想看脱衣舞,赖雅将其作为张爱玲的四十岁"生日礼物"送给了她。

到美国之后,不擅下厨的张爱玲调整了饮食习惯。她不排斥"垃圾食品",她写道:"汉堡我也爱吃,不过那肉饼大部分是吸收了肥油的面包屑，有害无益，所以总等几时路过荒村野店再吃，无可选择，可以不用怪自己。"一旦居家，饭主要由赖雅做，张爱玲搭把手，有时干脆在书房写作或者看电视。

日子不宽裕。好友宋淇在香港电懋公司任职，力荐张爱玲参与编剧。张爱玲也写出几部叫座的影片，稿酬在香港属于顶尖行列，每个剧本在 800 美元到 1000 美元。这是家庭收入的主要来源。1957 年，母亲病逝，留了一箱物件给女儿，这对手头拮据的张爱玲也是一笔宝藏。

可是，时间往前走，这个家庭的分歧变得越来越大。赖雅毕竟是老人了，又有中风病史，定居旧金山多年，已经在盘算终老的事。张爱玲却还想奔一奔事业，准确说是写作，她曾写道："只要我活着，就要不停地写。"那比婚姻和家庭重要得多。在拿到入籍通知后，张爱玲打算回到中国，为以张学良为原型的小说《少帅》搜集资料。赖雅不愿意，却找不到理由阻拦。

和海外的寂寂无闻形成对照的，是华人文化圈里兴起的"张爱玲热"。夏志清和夏济安兄弟厥功至伟。身为台大外文系教授的夏济安，影响着白先勇、王文兴、王祯和、陈若曦等学生，这些都是台湾地区文学史上有名有姓的人,是他们在迎接美国归来的张爱玲。

盘桓花莲期间,王祯和把张爱玲接到自己的老宅里,准备了处女作《鬼·北风·人》里提到的食物。张爱玲还在王祯和的陪伴下去了风化区,"她看妓女,妓女坐在嫖客腿上看她,互相观察,各有所得,皆大欢喜"。妓女听说她从美国来,邀她入座饮酒,她也不以为忤。

但《少帅》的进展很慢,出版人大泼冷水,张爱玲的热情也减弱了。电懋公司的老板飞机失事,几年后关门大吉,宋淇的离职间接断了张爱玲的财路。更倒霉的是,赖雅在美国摔了一跤,加上中风发作,余生都瘫痪在床。

张爱玲不得不回去。年轻时她形容自己是一个生活的废物,人到中年,却要在起居室安置行军床,照顾大小便失禁的丈夫。但她又不能放弃写作,毕竟这是生命的意义。

真实的生活撕扯着张爱玲。她想照顾丈夫,又不能放弃工作,为了赚钱,她还得不断申请基金,在家庭和单位中间往返。后来在接受采访时,她说:"人生是在追求一种满足,虽然往往是乐不抵苦的。"

1967年，沉疴难愈的赖雅过世了。张爱玲又恢复了单身。四十七岁的张爱玲，对婚姻的琐屑再无贪图。她先后在迈阿密大学、纽约雷克德里芙女校、加州大学柏克利分校工作，这段时间，除了写作，还潜心《海上花列传》的翻译和《红楼梦》研究。

那句著名的话，就是此时说的："一恨海棠无香，二恨鲥鱼多刺，三恨红楼未完。"但张爱玲还对宋淇提过第四句：恨高鹗妄改，死有余辜。这才像是她，闻香，好吃，嗜读，带刺。

丧夫的张爱玲开始独来独往，白天在寓所工作，夜晚才去办公室，同事感觉她"与月亮共进退"。之所以还要冒着撞见人的风险去办公室，因为她太需要一个单位提供稳定的收入保障。

中国掀起"张爱玲热"后，不时有拜访的请求，她极少应允。有限的会客场合，她会煮浓咖啡、端出核桃甜饼，倒上两小杯葡萄酒。咖啡是没有糖匙的，因为"汤匙都放在箱子里没有打开，反正在这儿住不长久，搬来搬去嫌麻烦"。超级"张迷"水晶来，张爱玲同他谈了七个小时,其间问他喝不喝酒,得到否定答复后,就拿出一罐可口可乐。得知水晶在南洋待过,张爱玲还特地开了一罐热带风味的糖腌番石榴。

独处时,张爱玲吃得简单许多,有时一天只吃半个麦芬蛋糕。曾经爱吃的鱼,因为担心血管硬化,也不吃了。戒不掉的是咖啡,一连喝几杯是家常便饭。

司康和麦芬

从20世纪80年代起,张爱玲的身体明显走起了下坡路。她患上一种皮肤敏感症,误以为是跳蚤所致。为了躲避跳蚤,她在洛杉矶的汽车旅馆间频繁搬家,最勤的时候每周都要换。一来二去,很多重要手稿和文件丢失了,其中就包括《海上花列传》的英译稿。

在日薄西山的境况里，回忆成了顺理成章的事。张爱玲也开始整理旧梦。早年，她说自己"和老年人一样爱吃甜的烂的。一切脆薄爽口的，如腌菜、酱萝卜、蛤蟆酥，都不喜欢，瓜子也不会嗑，细致些的菜如鱼虾完全不会吃，是一个最安分的'肉食者'"。上海的"牛肉庄"雪白干净，她甚至"很愿意在牛肉庄上找个事，坐在计算机前面专管收钱"。

1988年面世的《谈吃与画饼充饥》，就更像是张爱玲在食物的维度上对一生的总结。她想起小时候在天津吃的鸭舌小萝卜汤："学会了咬住鸭舌头根上的小扁骨头，往外一抽抽出来，像拔鞋拔。与豆大的鸭脑子比起来，鸭子真是长舌妇，怪不得它们人矮声高，'咖咖咖咖'叫得那么响。汤里的鸭舌头淡白色，非常清腴嫩滑，到了上海就没见过这样的菜。"

腰子汤也是她的北方记忆。腰子与里脊肉、小萝卜同煮，女佣们把里脊肉称作"腰梅肉"，她始终不解，直到有天顿悟是"腰眉肉"，感慨是语言上的神来之笔。

有些记忆和母亲有关。母亲爱吃亲戚带的蛤蟆酥。那是撒着芝麻和海苔粉末的半空心脆饼,微甜,巴掌大,"绿阴阴的正是一只青蛙的印象派画像"。张爱玲小时候嘴刁,八九岁喝鸡汤,说是有药味。母亲不放心,叫人问厨子,果然是给垂头丧气的鸡吃了万金油之类的油膏,张爱玲由此写道:"我母亲没说什么,我把脸埋在饭碗里扒饭,得意得飘飘欲仙,是有生以来最大的光荣。"

第一次看到打开有三尺见方的大张紫菜,脆薄细致,有点发亮,像有大波纹暗花的丝绸,她"惊喜得叫出声来,觉得是中国人的杰作之一"。吃到美国南方的名点核桃派,她又想起从前家里一个老妈妈做的猪油枣糕。

张爱玲从来将生活艺术奉为圭臬。但在吃这一项上,年迈的她无暇也无福消受了。书写"美食自传"的同时,她吃得很轻率。

一个叫戴文采的记者为了八卦传奇作家的晚年生活,搬到她隔壁,靠翻捡垃圾获取信息。在这次越界操作后,她写出一篇《华丽缘——我的邻居张爱玲》。

张爱玲的垃圾桶里,有罐头蔬菜、不含奶油和盐的鸡丁派、糖分不高有蜜色汤汁的胡桃派。咖啡喝的是雀巢，冰箱里除了冰激凌，还有四五大包全安素牌营养炼奶。顶多再煎几个鸡蛋，靠超市卖的葱油饼向脆弱的牙齿委曲求全。这点有限的营养，经年累月，必然导致她"免疫力下降，人都瘦干了。一遇大病，就顶不住了"。

张爱玲是头脑清楚地离世的。她没有向尽心替她负责物色房屋、添置物件的朋友林式同求助，只是将重要的证件放进手提袋，放在门边易发现的地方。当然，遗嘱也早已安排妥当。

七十多年前，张爱玲开始做一场天才梦。临近下一个世纪，她又要做不再醒来的异乡梦了。

警方几天后才发现张爱玲的遗体。林式同进屋时看到，厨房里堆了许多纸碗、纸巾和塑料刀叉。锅子不怎么用，很干净，有些还是全新的。损耗最多的就数那台小烤箱，又破又脏。咖啡壶也旧了。

张爱玲清清白白地走了，恍如一个过客。

大概没人有资格替她悲伤。毕竟，我们能体会的惘然，她早已通透，我们能触碰的苍凉，她早已写尽。张爱玲在传奇的一生中反复叩击,是为和我们俗世中的凡人共振,以求那一星半点的"通常的人生的回响"。她听到了,我们听到了,就已足够。

张爱玲晚年为接受台湾《时报》文学奖,特地拍了一张照片。雪花图样的V领黑毛衣,内衬白色网眼背心,头发是卷曲的,面容清瘦镇定。她还对皇冠出版社说,再版《对照记》时,要将这张照片放在最后。至于文字说明,她也写好了:

  人老了大都是时间的俘虏,
  被圈禁禁足。
  它待我还好,
  当然随时可以撕票。